चित्र का शीर्षक

चित्र का शीर्षक

यशपाल

विप्लव कार्यालय, लखनऊ
की ओर से

लोकभारती प्रकाशन

विप्लव कार्यालय, लखनऊ
की ओर से

लोकभारती प्रकाशन
पहली मंजिल, दरबारी बिल्डिंग, महात्मा गांधी मार्ग
प्रयागराज-211 001
वेबसाइट : www.lokbhartiprakashan.com
ईमेल : info@lokbhartiprakashan.com

शाखाएँ : 1-बी, नेताजी सुभाष मार्ग, दरियागंज
नई दिल्ली-110 002
अशोक राजपथ, साइंस कॉलेज के सामने
पटना-800 006
1, अनमोल सोराबजी संतुक लेन, धोबी तलाव,
मरीन लाइंस, मुम्बई-400 002

पहला संस्करण : 1952
वर्तमान संस्करण : 2024

मूल्य: ₹ 595

बी.के. ऑफसेट
नवीन शाहदरा, दिल्ली-110 032
द्वारा मुद्रित

CHITRA KA SHIRSHAK
by Yashpal

ISBN : 978-81-8031-423-0

समर्पण

कहानी को जीवन की समस्याओं के सुलझाव का साधन बनाने वाले आदिम कलाकारों को मैं अपनी यह नयी छोटी-बड़ी तेरह कहानियाँ समर्पित करता हूँ।

—यशपाल

भूमिका

दक्षिण भारत हिन्दी प्रचार सभा द्वारा प्रकाशित एक कहानी-संग्रह की भूमिका में कहानी के प्रयोजन के सम्बन्ध में विवेचना की गयी है। इस प्रसंग में गुरुदेव रवीन्द्र के एक उद्धरण के आधार पर मन्तव्य प्रकट किया गया है कि कहानी का उद्देश्य केवल कहानी है; कहानी लेखक कहानी लिखना या सुनना चाहता है इसीलिए कहानी लिखता है। कहानी लिखने या सुनने से या कहानी सुनने या पढ़ने से जो संतोष होता है, वही कहानी का आद्योपान्त उद्देश्य और लक्ष्य है, अन्य कुछ नहीं।

बेटी को सुना कर बहू को सीख देने के ढंग से कहानी के सम्बन्ध में गुरुदेव के यह विचार निश्चय ही हिन्दी जगत् के उन नौसिखिये प्रगतिवादी लेखकों को सुनाये गये हैं जो कहानी या साहित्य को सामाजिक उद्बोधन और समाज की आर्थिक, सांस्कृतिक और राजनैतिक समस्याओं के हल का साधन बनाना चाहते हैं। गुरुदेव के समान मानवता से आत्मीयता स्थापित कर सकने वाले कलाकार की गवाही से कहानी का प्रयोजन कला के लिये कला या कहानी से रस लेना ही बता देने के पश्चात्, नौसिखिये प्रगतिवादी लेखक की बात का शायद कुछ मूल्य रह ही नहीं जाता परन्तु यह बात भी भुला देने योग्य नहीं कि गुरुदेव के वचन सभी लोगों के मुँह में जाकर एक सा अर्थ नहीं रख सकते। उदाहरणतः गीता का उपदेश देते समय कृष्ण के यह शब्द 'सर्व धर्मान् परित्यज्य मामेकं शरणं ब्रज' (धर्म-अधर्म और कर्त्तव्य-अकर्त्तव्य की उलझन में न पड़ कर तू बस मेरी बात मान) सभी के मुख से न तो उतने विश्वासोत्पादक हो सकते हैं, न प्रभावशाली।

अपने-अपने मानसिक विकास के क्षेत्र और सांस्कृतिक स्तर के अनुसार व्यक्ति के स्वान्तः सुख और संतोष का रूप बदलता रहता है। एक सुसंस्कृत व्यक्ति आत्मतोष की भावना से ही जन-कल्याण के लिये प्राण दे देता है और दूसरा पड़ोसी के घर सेंघ लगाकर संतोष पाना चाहता है। क्या ऐसे दोनों व्यक्तियों के आत्मतोष की भावना पर एक समान भरोसा किया जा सकता है! ऐसे ही कहानी लिखने से भी सभी लेखक एक ही प्रकार के आत्मतोष या स्वान्तः सुख की चेष्टा नहीं करते।

उदाहरण के लिए गुरुदेव रवीन्द्र की कविताओं से एक पंजाबी लोकगीत 'तूम्बा वजदाई ना' की तुलना करना पर्याप्त होगा। निश्चय ही 'तूम्बा वजदाई ना' के गायक ने अपने गीत में एक स्वान्तः सुख प्राप्त किया होगा जैसे कि गुरुदेव अपनी कविताओं या गीतों में करते थे परन्तु 'तूम्बा वजदाई ना' की स्वान्तः सुख की अनुभूति समाज द्वारा स्वीकृत नैतिकता के लिए इतनी असह्य थी कि सरकारी आज्ञा से उसका सार्वजनिक रूप से गाया जाना निषिद्ध ठहराना आवश्यक समझा गया और गुरुदेव के गीत को राष्ट्रीय गीत का स्थान देने से जनता को संतोष हुआ।

महापुरुषों के वचनों के लिए प्रायः ही टीका और भाष्य की आवश्यकता होती है इसलिए गुरुदेव की बात को समझने का प्रयत्न करना धृष्टता न समझी जानी चाहिए। हमारे सामने दो मौलिक प्रश्न हैं। एक, कहानी से रस क्यों मिलता है? दूसरा कहानीकार को कहानी सुनाने की इच्छा ही क्यों होती है? शायद यह उत्तर विवादास्पद न समझा जाएगा कि कहानी से रस मिलने का कारण श्रोता या पाठक का कहानी के पात्र के जीवन और व्यवहार के प्रति कौतूहल और उत्सुकता है। पाठक या तो कहानी के पात्र के प्रति सहानुभूति से या पात्र के अनुचित कार्य के प्रति विरोध अनुभव कर कहानी में रस पाता है। पाठक के कौतूहल, उत्सुकता, सहानुभूति और विरोध का आधार कहानी द्वारा कहानी की समस्या से आत्मीयता अनुभव करना ही है। कहानीकार की कहानी सुनाने की इच्छा का स्रोत पाठकों या श्रोताओं से सामाजिक सम्बन्ध के आधार पर आवश्यकतानुकूल काल्पनिक चित्रों द्वारा अनुभूति के और विचारों के आदान-प्रदान का अवसर पाना ही है। इस सामाजिक चित्र से कथाकार और श्रोता दोनों की ही अनुभूतिगम्य आत्मीयता होना आवश्यक है। यदि कहानी से रस मिलने और कहानी कहने की इच्छा के सम्बन्ध में उपरोक्त मन्तव्य को अंशतः भी स्वीकार किया जा सकता है तो कहानी मूलतः एक सामाजिक वस्तु हो जाती है और उसे केवल व्यक्तिगत संतोष का साधन कहकर छोड़ देना, कहानी के मूल तत्व से इन्कार कर देना होगा।

कहानी को एक सामाजिक सूत्र मान कर हम कहानी के प्रयोजन और कथाकार के सामाजिक उत्तरदायित्व की उपेक्षा किस प्रकार कर सकते हैं? इस सामाजिक सूत्र का एक छोर कथाकार है, दूसरा श्रोता।

इनके अस्तित्व को भुलाकर कहानी को केवल कथाकार के आत्मसंतोष का ही साधन कैसे मान लिया जा सकता है? हाँ, यदि कहानी के रूप में सामाजिक समस्या के विवेचन और चिन्ता को हम बोध के रूप में अनुभव नहीं करते तो उसे हम कहानी कला की सफलता अवश्य समझ सकते हैं। कहानी को निश्चय ही अरुचिकर और बोझिल नहीं होना चाहिए परन्तु कहानी का उद्देश्य स्वयं कहानी ही बता देना, कहानी को निष्प्रयोजन और निरुद्देश्य बना देना होगा। हमें मान लेना होगा कि हम कहानी से श्रोता या पाठक पर कोई भी प्रभाव पड़ने की आशा नहीं करते।

यदि कहानी की सफलता की कसौटी पाठक या श्रोता पर पड़ने वाले प्रभाव को माना जाय तो कहानी से पड़ने वाले प्रभाव के प्रति सतर्क रहना भी सामाजिक कर्त्तव्य हो जाता है। कहानी निष्फल और प्रभावशून्य न कभी हुई है, न हो ही सकती है। कहानी के पड़ने वाले प्रभाव ही उसका प्रयोजन और उद्देश्य हैं। हम इस प्रयोजन या उद्देश्य के प्रति सचेत हों या न हों।

कहानी द्वारा परम्परागत मान्यताओं के समर्थन को कला का स्वान्तः सुख का बता देना और कला के माध्यम से नवीन विचारों का परिचय देने के प्रयत्न को कला का दुष्प्रयोग बना देना, कला को एक विशेष विचारधारा की चेरी बनाये रखने का ही प्रयत्न है। जनवाद के इस युग में कला पर एकाधिकार की प्रवृत्ति कैसे सहन की जा सकती है?

जून, १९५२ —**यशपाल**

अनुक्रम

चित्र का शीर्षक	13
हाय राम! ....ये बच्चे!!	21
आदमी या पैसा?	26
प्रधानमंत्री से भेंट	33
मार का मोल	38
शहनशाह का न्याय	45
स्थायी नशा	50
एक सिगरेट	55
फूल की चोरी	73
अनुभव की पुस्तक	79
पाँव तले की डाल	83
साहू और चोर	96
इसी सुराज के लिए?	107

चित्र का शीर्षक

जयराज जाना-माना चित्रकार था। वह उस वर्ष अपने चित्रों को प्रकृति और जीवन के यथार्थ से सजीव बना सकने के लिए, अप्रैल के आरम्भ में ही रानीखेत जा बैठा था। उन महीनों पहाड़ों में वातावरण खूब साफ और आकाश नीला रहता है। रानीखेत से 'त्रिशूल', 'पंचचोली', 'चौखम्बा' की बरफानी चोटियाँ, नीले आकाश के नीचे माणिक्य के उज्ज्वल स्तूपों जैसी जान पड़ती हैं। आकाश की गहरी नीलिमा से कल्पना होती कि गहरा नीला समुद्र ऊपर चढ़ कर छत की तरह स्थिर हो गया हो और उसका श्वेत फेन, समुद्र के गर्भ से मोतियों और मणियों को समेट कर ढेर का ढेर नीचे पहाड़ों पर आ गिरा हो।

जयराज ने इन दृश्यों के कुछ चित्र बनाये परन्तु मन न भरा। मनुष्य के संसर्ग से हीन यह चित्र बनाकर उसे ऐसा ही अनुभव हो रहा था जैसे निर्जन बियाबान में गाये राग का चित्र बना दिया हो। यह चित्र उसे मनुष्य की चाह और अनुभव के स्पन्दन से शून्य जान पड़ते थे। उसने कुछ चित्र, पहाड़ों पर पसलियों की तरह फैले हुए खेतों में श्रम करते पहाड़ी किसान स्त्री-पुरुषों के बनाये। उसे इन चित्रों से भी सन्तोष न

हुआ। कला की इस असफलता में अपने हृदय में एक सांय-सांय का सा शोर अनुभव हो रहा था। वह अपने स्वप्न और चाह की बात प्रकट नहीं कर पा रहा था।

जयराज अपने मन की तड़प को प्रकट कर सकने के लिए व्याकुल था। वह मुट्ठी पर ठोड़ी टिकाये बरामदे में बैठा था। उसकी दृष्टि दूर-दूर तक फैली हरी घाटियों पर तैर रही थी। घाटियों के उतारों-चढ़ावों पर सुनहरी धूप खेल रही थी। गहराइयों में चाँदी की रेखा जैसी नदियाँ कुण्डलियाँ खोल रही थीं। दूध के फेन जैसी चोटियाँ खड़ी थीं। कोई लक्ष्य न पाकर उसकी दृष्टि अस्पष्ट विस्तार पर तैर रही थी। उस समय उसकी कल्पना, उसकी स्थिर आँखों के छिद्रों के सामने की चढ़ाई पर एक सुन्दर, सुघड़, युवती को देखने लगी जो केवल उसकी दृष्टि का लक्ष्य बन सकने के लिए ही, उस विस्तार में जहाँ-तहाँ सभी जगह दिखाई दे रही थी।

जयराज ने एक अस्पष्ट-सा आश्वासन अनुभव किया। इस अनुभूति को पकड़ पाने के लिए उसने अपनी दृष्टि उस विस्तार से हटा, दोनों बाँहों को सीने पर बाँध कर एक गहरा निश्वास लिया। उसे जान पड़ा जैसे अपार पारावार में बहता निराश व्यक्ति अपनी रक्षा के लिए आने वाले की पुकार सुन ले। उसने अपने मन में स्वीकार किया, यही तो वह चाहता है—कल्पना से सौन्दर्य की सृष्टि कर सकने के लिए उसे स्वयं भी जीवन में सौन्दर्य का संतोष मिलना चाहिए; बिना फूलों के मधुमक्खी कहाँ से लाये?

ऐसी ही मानसिक अवस्था में जयराज को एक पत्र मिला। यह पत्र इलाहाबाद से उसके मित्र एडवोकेट सोमनाथ ने लिखा था। सोमनाथ ने जयराज का परिचय उसकी कला के प्रति अनुराग और आदर के कारण प्राप्त किया था। कुछ अपनापन भी हो गया था। सोम ने अपने उत्कृष्ट कलाकार मित्र के बहुमूल्य समय का कुछ भाग लेने की धृष्टता के लिये क्षमा माँग कर अपनी पत्नी के बारे में लिखा था–'....इस वर्ष नीता का स्वास्थ्य कुछ शिथिल है, उसे दो मास पहाड़ में रखना चाहता हूँ। इलाहाबाद की कड़ी गर्मी में वह बहुत असुविधा अनुभव कर रही है। यदि तुम अपने पड़ोस में ही किसी सस्ते, छोटे परन्तु अच्छे मकान का प्रबन्ध कर सको तो उसे वहाँ पहुँचा दूँ। सम्भवतः तुमने अलग पूरा

बंगला लिया होगा। यदि उस मकान में जगह हो और इससे तुम्हारे काम में विघ्न पड़ने की आशंका न हो तो हम एक-दो कमरे सबलेट कर लेंगे। हम अपने लिये अलग और नौकर रख लेंगे।'' आदि आदि।

दो वर्ष पूर्व जयराज इलाहाबाद गया था। उस समय सोम ने उसके सम्मान में एक चाय पार्टी दी थी। उस अवसर पर जयराज ने नीता को देखा था। तब सोम और नीता का विवाह हुए कुछ ही मास बीते थे। पार्टी में आये अनेक स्त्री-पुरुषों के भीड़-भड़क्के में संक्षिप्त परिचय ही हो पाया था। जयराज ने स्मृति की उँगली से अपने मस्तिष्क को कुरेदा। उसे केवल इतना याद आया कि दुबली-पतली, छरहरे बदन की गोरी, हँसमुख नवयुवती थी; आँखों में बुद्धि की चमक। जयराज ने पत्र को तिपाई पर एक ओर दबा दिया और फिर सामने घाटी के विस्तार पर निरुद्देश्य नजर किये सोचने लगा—क्या उत्तर दे?

जयराज की निरुद्देश्य दृष्टि तो घाटी के विस्तार पर तैर रही थी परन्तु कल्पना में अनुभव कर रहा था कि उसके समीप ही दूसरी आरामकुर्सी पर नीता बैठी है। वह भी दूर घाटी में कुछ देख रही है या किसी पुस्तक के पन्नों या अखबार में दृष्टि गड़ाये है। समीप बैठी युवती नारी की कल्पना जयराज को दूध के फेन के समान श्वेत, स्फटिक के समान उज्ज्वल पहाड़ की बरफानी चोटी से कहीं अधिक स्पन्दन उत्पन्न करने वाली जान पड़ी। युवती के केशों और शरीर से आती अस्पष्ट सी सुवास, वायु के झोंकों के साथ घाटियों से आती सेवती और सिरीश के फूलों की भीनी गंध से अधिक संतोष दे रही थी। वह अपनी कल्पना में देखने लगा—नीता उसकी आँखों के सामने घाटी की एक पहाड़ी पर चढ़ती जा रही है। कड़े पत्थरों और कंकड़ों के ऊपर नीता की गुलाबी एड़ियाँ, सैन्डल में सम्भली हुई हैं। वह चढ़ाई में साड़ी को हाथ से सम्भाले है। उसकी पिंडलियाँ केले के भीतर डंठल के रंग की हैं। चढ़ाई के श्रम के कारण नीता की साँस चढ़ गयी है और प्रत्येक साँस के साथ उसका सीना उठ आने के कारण, कमल की प्रस्फुटोन्मुख कली की तरह अपने आवरण फाड़ देना चाहता है। कल्पना करने लगा–वह कैनवेस के सामने खड़ा चित्र बना रहा है। नीता एक कमरे से निकली है। आहट से उसके काम में विघ्न न डालने के लिये पंजों के बल उसके पीछे से होती हुई दूसरे कमरे में चली जा रही है। नीता किसी काम से नौकर को पुकार

रही है। उस आवाज से उसके हृदय का साँय-साँय करता सूनापन संतोष से बस गया है···।

जयराज तुरन्त कागज और कलम लेकर लिखने बैठा परन्तु ठिठक कर सोचने लगा—वह क्या चाहता है? ···मित्र की पत्नी नीता से वह क्या चाहेगा? ···तटस्थता से तर्क कर उसने उत्तर दिया—कुछ भी नहीं। जैसे सूर्य के प्रकाश में हम सूर्य की किरणों को पकड़ लेने की आवश्यकता नहीं समझते, उन किरणों से स्वयं ही हमारी आवश्यकता पूरी हो सकती है; वैसे ही वह अपने जीवन में अनुभव होने वाले सुनसान अँधेरे में नारी की उपस्थिति का प्रकाश चाहता है।

जयराज ने संक्षिप्त-सा उत्तर दिया—"···भीड़-भाड़ से बचने के लिए अलग पूरा ही बंगला लिया है। बहुत-सी जगह खाली पड़ी है। सबलेट का कोई सवाल नहीं। पुराना नौकर पास है। यदि नीता जी उस पर देख-रेख रखेंगी तो मेरा ही लाभ होगा। जब सुविधा हो आकर उन्हें छोड़ जाओ। पहुँचने के समय की सूचना देना। मोटर स्टैण्ड पर मिल जाऊँगा···।"

अपनी आँखों के सामने और इतने समीप एक तरुण सुन्दरी के होने की आशा में जयराज का मन उत्साह से भर गया। नीता की अस्पष्ट-सी याद को जयराज ने कलाकार के सौन्दर्य के आदर्शों की कल्पनाओं से पूरा कर लिया। वह उसे अपने बरामदे में, सामने की घाटी पर, सड़क पर अपने साथ चलती दिखाई देने लगी। जयराज ने उसे भिन्न-भिन्न रंगों की साड़ियों में, सलवार-कमीज के जोड़े की पंजाबी पोशाक में, मारवाड़ी अँगिया-लहँगे में, फूलों से भरी लताओं के कुंज में, चीड़ के पेड़ के तले और देवदारों की शाखाओं की छाया में सब जगह देख लिया। वह नीता के सशरीर सामने आ जाने की उत्कट प्रतीक्षा में व्याकुल होने लगा; वैसे ही जैसे अंधेरे से परेशान व्यक्ति सूर्य के प्रकाश की प्रतीक्षा करता है।

लौटती डाक से सोम का उत्तर आया–'···तारीख को नीता के लिए गाड़ी में एक जगह रिजर्व हो गयी है। उस दिन हाईकोर्ट में मेरी हाजरी बहुत आवश्यक है। यहाँ गर्मी अधिक है और बढ़ती ही जा रही है। मैं नीता को और कष्ट नहीं देना चाहता। काठगोदाम तक उसके लिए गाड़ी में जगह सुरक्षित है। उसे बस की भीड़ में न फँस कर टैक्सी पर जाने के लिए कह दिया है। तुम उसे मोटर स्टैण्ड पर मिल जाना। तुम हम

लोगों के लिए जहाँ सब कुछ कर रहे हो, इतना और सही। हम दोनों कृतज्ञ होंगे··।'

जयराज़ मित्र की सुशिक्षित और सुसंस्कृत पत्नी को परेशानी से बचाने के लिए मोटर स्टैण्ड पर पहुँच कर उत्सुकता से प्रतीक्षा कर रहा था। काठगोदाम से आने वाली मोटरें पहाड़ी के पीछे से जिस मोड़ से सहसा प्रकट होती थीं, उसी ओर जयराज की आँखें निरन्तर लगी हुई थीं। एक टैक्सी दिखायी दी। जयराज आगे बढ़ गया। गाड़ी रुकी। पिछली सीट पर एक महिला अपने शरीर का बोझ सम्भाल न सकने के कारण कुछ पसरी हुई-सी दिखायी दी। चेहरे पर रोग की थकावट का पीलापन और थकावट से फैली हुई निस्तेज आँखों के चारों ओर झाइयों के घेरे थे। जयराज ठिठका। महिला की आँखों में पहचान का भाव और नमस्कार में उनके हाथ उठते देख जयराज को स्वीकार करना पड़ा—

"मैं जयराज हूँ।"

महिला ने मुस्कराने का यत्न किया—"मैं नीता हूँ।"

महिला की वह मुस्कान ऐसी थी जैसे पीड़ा को दबा कर कर्त्तव्य पूरा किया गया हो। महिला के साधारणतः दुबले हाथ-पाँवों पर लगभग एक शरीर का बोझ पेट पर बँध जाने के कारण उसे मोटर से उतरने में भी कष्ट हो रहा था। बिखरे जाते अपने शरीर को सम्भालने में वैसे ही असुविधा हो रही थी जैसे सफर में बिस्तर के बन्द टूट जाने पर उसे सम्भालना कठिन हो जाता है। महिला लँगड़ाती हुई कुछ ही कदम चल पायी कि जयराज ने एक डाँडी (डोली) को पुकार उसे चार आदमियों के कंधे पर लदवा दिया। सौजन्य के नाते डाँडी के साथ चलना चाहिए था परन्तु उस शिथिल और विरूप आकृति के समीप रहने में जयराज को उबकाई और ग्लानि अनुभव हो रही थी।

नीता बंगले पर पहुँच कर एक अलग कमरे में पलँग पर लेट गयी। जयराज के कानों में उस कमरे से निरन्तर 'आह! ऊह!' की दबी कराहट पहुँच रही थी। उसने दोनों कानों में उँगलियाँ दबा कर कराहट सुनने से बचना चाहा परन्तु उसे शरीर के रोम-रोम से वह कराहट सुनाई दे रही थी। वह नीता की विरूप आकृति, रोग और बोझ से शिथिल, लँगड़ा कर चलते शरीर को अपनी स्मृति के पट से पोंछ डालना चाहता था परन्तु वह बरबस आकर उसके सामने खड़ा हो जाता। नीता जयराज

के उस मकान के पूरे वातावरण में समा गई अनुभव हो रही थी। जयराज का मन चाह रहा था—बंगले से कहीं दूर भाग जाये।

दूसरे दिन सुबह सूर्य की प्रथम किरणें बरामदे में आ रही थीं। सुबह की हवा में कुछ खुनकी थी। जयराज नीता के कमरे से दूर, बरामदे में आरामकुर्सी पर बैठ गया। नीता भी लगातार लेटने से ऊब कर कुछ ताजी हवा पाने के लिए अपने शरीर को सम्भाले, लँगड़ाती-लँगड़ाती बरामदे में दूसरी कुर्सी पर आ बैठी। उसने कराहट को गले में दबा, जयराज को नमस्कार कर हाल-चाल पूछ कर कहा—"मुझे तो शायद सफर की थकावट या नयी जगह के कारण रात नींद नहीं आ सकी··।"

जयराज के लिये वहाँ बैठे रहना असम्भव हो गया। वह उठ खड़ा हुआ और कुछ देर में लौटने की बात कह बंगले से निकल गया। परेशानी में वह इस सड़क से उस सड़क पर मीलों घूमता इस संकट से मुक्ति का उपाय सोचता रहा। छुटकारे के लिए उसका मन वैसे ही तड़प रहा था जैसे चिड़ीमार के हाथ में फँस गयी चिड़िया फड़फड़ाती है। उसे उपाय सूझा। तेज कदमों से डाकखाने पहुँचा। एक तार उसने सोम को दे दिया—"अभी बनारस से तार मिला है कि रोग-शैया पर पड़ी माँ मुझे देखने के लिए छटपटा रही है। इसी समय बनारस जाना अनिवार्य है। मकान का किराया छः महीने का पेशगी दे दिया है। नौकर यहीं रहेगा। हो सके तो तुम आकर पत्नी के पास रहो।"

यह तार दे वह बंगले पर लौटा। नौकर को इशारे से बुलाया। एक सूटकेस में आवश्यक कपड़े ले उसने नौकर को विश्वास दिलाया कि दो दिन के लिए बाहर जा रहा है। सोम को दी हुई तार की नकल अपने जाने के बाद नीता को दिखाने के लिये दे दी और हिदायत की—"बीबी जी को किसी तरह का भी कष्ट न हो!"

बनारस में जयराज को रानीखेत से लिखा सोम का पत्र मिला। सोम ने मित्र की माता के स्वास्थ्य के लिए चिन्ता प्रकट की थी और लिखा था कि हाईकोर्ट में अवकाश हो गया है। वह रानीखेत पहुँच गया है। वह और नीता उसके लौट आने की प्रतीक्षा उत्सुकता से कर रहे हैं।

जयराज ने उत्तर में सोम को धन्यवाद देकर लिखा कि वह मकान और नौकर को अपना ही समझ कर निस्संकोच वहाँ रहे। वह स्वयं अनेक कारणों से जल्दी नहीं लौट सकेगा। सोम बार-बार पत्र लिख कर

जयराज को बुलाता रहा परन्तु जयराज रानीखेत न लौटा। आखिर सोम मकान और सामान नौकर को सहेज, नीता के साथ इलाहाबाद लौट गया। यह समाचार मिलने पर जयराज ने नौकर को सामान सहित बनारस बुलवा लिया।

जयराज के जीवन में सूनेपन की शिकायत का स्थान अब सौन्दर्य के धोखे के प्रति ग्लानि ने ले लिया। जीवन की विरूपता और वीभत्सता का आतंक उसके मन पर छा गया। नीता का रोग से पीड़ित, बोझिल कराहता हुआ रूप उसकी आँखों के सामने से कभी न हटने की जिद कर रहा था। मस्तिष्क में समायी हुई ग्लानि से छुटकारा पाने का दृढ़ निश्चय कर वह सीधा कश्मीर पहुँचा। फिर बरफानी चोटियों के बीच, कमल के फूलों से घिरी नीली डल झील में शिकारे पर बैठ उसने सौन्दर्य के प्रति अनुराग पैदा करना चाहा। पुरी और केरल में समुद्र के किनारे जा उसने चाँदनी रात में ज्वार-भाटे का दृश्य देखा। जीवन के संघर्ष से गूँजते नारों में उसने अपने आप को भुला देना चाहा परन्तु मस्तिष्क में भरे हुए नारी की विरूपता के यथार्थ ने उसका पीछा न छोड़ा। वह बनारस लौट आया और अपने ऊपर किये गये अत्याचार का बदला लेने के लिए रंग और कूची लेकर कैनवेस के सामने जा खड़ा हुआ।

जयराज ने एक चित्र बनाया, पलंग पर लेटी हुई नीता का। उसका पेट फूला हुआ था, चेहरे पर रोग का पीलापन, पीड़ा से फैली हुई आँखें, कराहट में खुल कर मुड़े हुए होंठ, हाथ-पाँव पीड़ा से ऐंठे हुए।

जयराज यह चित्र पूरा कर ही रहा था कि उसे सोम का पत्र मिला। सोम ने अपने पुत्र के नामकरण की तारीख बता कर बहुत ही प्रबल अनुरोध किया था कि उस अवसर पर उसे अवश्य ही इलाहाबाद आना पड़ेगा। जयराज ने झुँझलाहट में पत्र मोड़ कर फेंक दिया, फिर औचित्य के विचार से एक पोस्टकार्ड लिख डाला : धन्यवाद, शुभ कामना और बधाई। आता तो जरूर परन्तु इस समय स्वयं मेरी तबीयत ठीक नहीं। शिशु को आशीर्वाद।

सोम और नीता को अपने सम्मानित और कृपाल मित्र का पोस्टकार्ड शनिवार को मिला। रविवार वे दोनों सुबह की गाड़ी से बनारस जयराज के मकान पर जा पहुँचे। नौकर उन्हें सीधे जयराज के चित्र बनाने के कमरे में ही ले गया। वह नया चित्र सबसे आगे अभी चित्र बनाने की

टिकटिकी पर ही चढ़ा हुआ था। सोम और नीता की आँखें उस चित्र पर पड़ीं और वहीं जम गयी।

जयराज अपराध की लज्जा से गड़ा जा रहा था। बहुत देर तक उसे अपने अतिथियों की ओर देखने का साहस ही न हुआ और जब देखा तो नीता। गोद में किलकते बच्चे को एक हाथ से कठिनता से सम्भाले, दूसरे हाथ से साड़ी का आँचल होंठों पर रखे अपनी मुस्कराहट छिपाने की चेष्टा कर रही थी। उसकी आँखें गर्व और हँसी से तारों की तरह चमक रही थीं। लज्जा और पुलक की मिलावट से उसका चेहरा सिंदूरी हो रहा था।

जयराज के सामने खड़ी नीता, रानीखेत में नीता को देखने से पहले और उसके सम्बन्ध में बनायी कल्पनाओं से कहीं अधिक सुन्दर थी। जयराज के मन को एक धक्का लगा–ओह, धोखा! और उसका मन फिर धोखे की ग्लानि में भर गया।

जयराज ने उस चित्र को नष्ट कर देने के लिए समीप पड़ी छुरी हाथ में उठा ली। उसी समय नीता का पुलक भरा शब्द सुनायी दिया, "इस चित्र का शीर्षक आप क्या रखेंगे?"

जयराज का हाथ रुक गया। वह नीता के चेहरे पर गर्व और अभिमान के भाव को देखता स्तब्ध खड़ा था।

कलाकार को अपने इस बहुत ही उत्कृष्ट चित्र के लिए कोई शीर्षक न खोज सकते देख नीता ने अपने बालक को अभिमान से आगे बढ़ा, मुस्कराकर सुझाया, "इस चित्र का शीर्षक रखिए—'सृजन की पीड़ा'!"

●

हाय राम! ...ये बच्चे!!

जोशी साहब और मीर साहब पड़ोसी हैं। पड़ोस दोनों के लिए अच्छा है। दोनों बड़े आदमी हैं। यों तो ब्राह्मणों में जोशी और मुसलमानों में सैय्यद कुल के बड़प्पन और पवित्रता से ही बड़े होते हैं परन्तु वकील जोशी साहब और डॉक्टर मीर साहब उस बड़प्पन पर निर्भर नहीं करते। जोशी साहब जिले के सफल वकील हैं और मीर साहब जिले के सिविल सर्जन। दोनों ही उदार विचार के हैं। उनकी साम्प्रदायिकता केवल घर के भीतर रसोई-चौके तक ही सीमित है। विचारों से दोनों आधुनिक हैं। अपने बच्चों के लिए निम्न-श्रेणी के परिवारों के गन्दे बच्चों की सोहबत-संगत पसन्द नहीं करते।

शहर में लड़के-लड़कियों के लिए और फिर हिन्दू-मुस्लिम लड़के-लड़कियों के लिए अलग-अलग स्कूल मौजूद हैं परन्तु बड़े लोगों के बच्चे सफाई और सभ्यता के खयाल से प्रायः मिशन स्कूल में ही पढ़ाये जाते हैं। इस देश को सभ्य बनाने वाले अंग्रेज देश से जाते समय सभ्यता और सफाई की विरासत अपने सहधर्मियों को ही सौंप गये हैं। वकील साहब, ऊँचे कुल के ब्राह्मण और डॉक्टर मीर, हजरत मुहम्मद के रक्त का दावा

करते हैं परन्तु दोनों को ही सभ्यता और सफाई का अंग्रेजी कायदा पसन्द है। दोनों ने बच्चों को सभ्य और सफाई पसन्द बनाने के लिए मिशन स्कूल में दाखिल करवा दिया है। वकील साहब की दोनों लड़कियाँ नीलू और ऊषा, डॉक्टर खान का पाँच बरस का लड़का बन्ने और सात बरस की लड़की नस्सू (नसीम) एक ही जगह पढ़ते हैं।

नीलू और नस्सू समवयस्क, सहपाठी और पड़ोसी होने के कारण सहेलियाँ भी बन गई हैं। दोनों वही खेल खेलती हैं जो हिन्दुस्तान भर की इस आयु की लड़कियाँ खेला करती हैं—गुड़िया का खेल। दोनों ने लकड़ी के खाली बक्सों में अपनी गुड़ियों के मकान सजाये हैं। वे अपनी गुड़ियों की शादियाँ करती रहती हैं। इन शादियों में एक दूसरे को न्योतती रहती हैं। दोनों के गुड्डे आधुनिक यानी साहबी पोशाक पहने हुए हैं परन्तु गुड़ियों की पोशाक में कुछ अन्तर है। नीलू की एक गुड़िया साड़ी, दूसरी लहँगा और तीसरी फ्राक पहने है। नस्सू की एक गुड़िया सलवार पहने हुए है, दूसरी गरारा और तीसरी फ्राक। इतने साम्प्रदायिक भेद से उनमें दंगा हो जाने की कभी कोई आशंका नहीं हुई। अलबत्ता नीलू अपनी माँ से एक सलवार पहने गुड़िया और नस्सू अपनी अम्मीजान से एक साड़ी वाली गुड़िया माँगती रहती है।

डाक्टर मीर चौथे पहर अपने यहाँ बन्ने और नस्सू के साथ नीलू और ऊषा को देख लें तो सभी को अपने पास बुला लेते हैं। बच्चों को दो-दो बिस्कुट अपने हाथ से उनके मुँह में देकर खुश हो जाते हैं। दोनों की गुड़ियों का हालचाल पूछ लेते हैं। गुड़ियों के लिए चाकलेट ला देने का पक्का वायदा कर भूल जाते हैं। बच्चे आपस में इतने हिलमिल गये हैं कि दोनों घरों में सभी जगह कमरों और बरामदों में धमा-चौकड़ी मचाते रहते हैं।

नस्सू की अम्मीजान चौथे पहर बन्ने और नस्सू को नाश्ता देने लगती हैं तो नीलू और ऊषा को साथ देख उन्हें भी कुछ देने को मन हो आता है परन्तु अपनी रसोई में पकी चीज ब्राह्मणों के बच्चों को देते हाथ झिझक जाता है। वे अपने हाथ से बनायी चीज छोड़ भगवान् या अल्लाह की बनाई चीज, जिसमें हिन्दू-मुसलमान की छूत का परहेज नहीं होता, कोई फल-वल या कारखाने का बना बिस्कुट-टाफी जोशी साहब के बच्चों को दे देती हैं। ऐसी कठिनाई जोशी साहब के यहाँ नहीं होती

क्योंकि ब्राह्मण अपने आपको संसार के सब मनुष्यों से पवित्र समझते हैं। ब्राह्मण के विचार में उसके हाथ की छुई हुई चीज से किसी को परहेज नहीं हो सकता परन्तु एक झिझक यहाँ भी हो ही जाती है।

झिझक ऐसी कि जब नीलू और ऊषा की मम्मी या दादी अपने बच्चों को खाने के लिये कोई चीज काँसे की कटोरी या तश्तरी में देती हैं तो वही चीज बन्ने या नस्सू को काँसे की कटोरी या तश्तरी सामने रहने पर भी चीनी या काँच का बर्त्तन ढूँढ़ कर देनी पड़ती है। उनके विश्वास में काँसे का बरतन पवित्र और चीनी का बरतन अपवित्र होता है। यों भी कहा जा सकता है कि काँसे-पीतल का बर्तन हिन्दू होता है जो दूसरों की छूत से अपवित्र हो जाता है। काँच और चीनी के बर्तन अपवित्र ही होते हैं। नीलू की मम्मी और दादी स्वयं सदा काँसे-पीतल के बरतनों का ही व्यवहार करती हैं, चीनी या शीशे के बरतनों का कभी नहीं। मुसलमान चाहे कितना ही सुथरा या बड़ा आदमी हो, उसके बच्चे चाहे कितने ही प्यारे लगें, उन्हें अपने खाने के बरतनों में कैसे खिलाया जा सकता है। मुसलमान या अछूत को धातु के बरतन में खिला देने पर बरतन को आग में रखना जरूरी हो जाता है। नीलू की मम्मी और दादी स्वयं कुछ खाने-पीने से पहले बन्ने और नस्सू को बाहर खेलने के लिए बहला देती हैं। खाने-पीने की चीज पर नीच जात या मुसलमान की दृष्टि पड़ जाने से भी खाद्य पदार्थ ऊँची जाति के हिन्दूओं के लिए अपवित्र हो जाता है।

नीलू और ऊषा को दादी और माँ ने कई बार समझाया है : पागलों, रसोई खेलने की जगह नहीं।···रसोई और पूजा की कोठरी में बन्ने और नस्सू को कभी नहीं लाना। इतना भी नहीं समझतीं तुम कि मुसल्लों को रसोई और पूजा की कोठरी में नहीं लाते!

बच्चे काफी तेजी से भाँपने और समझने लगते हैं। बन्ने अभी पाँच ही वर्ष का है परन्तु नस्सू कोई नयी बात देखती है तो अपनी पलकें फैला कर स्थिर आँखों से सोचने लगती है। नीलू अपनी गुड़िया की शादी अपने गुड्डे से कई बार कर चुकी थी। उस दिन वह अपनी गुड़िया की शादी नस्सू के गुड्डे के साथ करने के लिए नस्सू को न्योत कर साथ लिवा लायी थी। दोनों समधिनें बनने वाली थीं। यों तो गुड़िया की शादी और दावत का प्रबन्ध बरामदे में ही था परन्तु किसी चीज की जरूरत पड़ जाने पर दोनों साथ-साथ दौड़ती रसोई में जा पहुँचीं।

नीलू की माँ और दादी उस समय शाम की चाय जोशी साहब के लिए उनके कमरे में भेज कर स्वयं काँसे के गिलासों में पी रही थीं। दोनों लड़कियों को रसोई में धँसे आते देख उन्होंने अपनी चाय नस्सू की नजर से छिपा कर बड़ी कठिनाई से उन्हें दरवाजे पर ही रोका। आश्वासन दे दिया कि दो मिनट में स्वयं ही सब कुछ बरामदे में पहुँचा देंगी।

ऐसा पहले भी कई बार हो चुका था लेकिन उस दिन नस्सू को कुछ अधिक समझ आ गया। बरामदे की ओर लौटते हुए उसने नीलू के गले में बाँह डाल कर पूछा, "एक बात सुन, तेरी दादी और मम्मी मुझे रसोई में नहीं आने देतीं, मेरे सामने खाती-पीती भी नहीं! ···क्या बात है?"

नीलू ने भौवें चढ़ा कर सोचा और नस्सू की कमर में बाँह डाल कर उसे अपने साथ लिपटाते हुए समझाया, "मैं बताऊँ, तू मुसल्ली है न!"

नस्सू ने सोच कर पूछा, "अच्छा, तू मुसल्ली नहीं है?"

"नहीं, मैं जोशी हूँ।" नीलू ने समझाया, "तेरी अम्मीजान सलवार पहनती हैं, वह मुसल्ली हैं। मेरी अम्मी धोती पहनती हैं, वह जोशी हैं।"

"तू कहाँ धोती पहनती है? तू फ्राक पहनती है। मैं भी फ्राक पहनती हूँ।" नस्सू ने फिर आग्रह किया।

"मैं बताऊँ नस्सू अभी हम लोग बच्चे हैं।" नीलू सोच कर बोली, "जब हम बड़ी हो जाएँगी तो मैं मम्मी की तरह धोती पहनूँगी, मैं जोशी हो जाऊँगी। तू अम्मीजान की तरह सलवार और गरारा पहनेगी, तू मुसल्ली हो जाएगी। फिर मैं तेरे हाथ का नहीं खाऊँगी। अभी तो छोटी हूँ, छोटों को समझ नहीं होती है न! बड़ी हो जाऊँगी तो तेरे हाथ का थोड़े ही खाऊँगी!"

"तू मेरे हाथ का नहीं खाएगी तो मैं भी तेरे हाथ का नहीं खाऊँगी।" नस्सू ने समर्थन किया, "जब हम बड़ी हो जाएँगी तो हिन्दू और मुसलमान हो जाएँगी। हिन्दू-मुसलमानों में खूब लड़ाई होगी। हम लोग भी खूब लड़ेंगी है न।"

"हाँ, तो फिर तेरे गुड्डे और मेरी गुड़िया की शादी कैसे होगी? ··हम खेलेंगे कैसे?" नीलू ने चिन्ता से पूछा।

"शादी नहीं होगी तो आओ गुड्डे-गुड़िया की लड़ाई का खेल खेलें!" नस्सू ने सुझाया, 'तू मेरे गुड्डे को छुरी मार, मैं तेरी गुड़िया को छुरी मारूँगी और फिर गुड्डे-गुड़िया के घर में आग लगा देंगे!···है न!"

नीलू के सहमत हो जाने पर नस्सू ने सुझाया, "जा, तू रसोई से तरकारी काटने की छुरी ले आ। हिन्दू-मुसलमान की लड़ाई का खेल खेलें।"

नीलू ने जाकर दादी से बड़ी छुरी माँगी। उन्होंने विस्मय से पूछा, 'हैं, छुरी!···छुरी का क्या करोगी? ना, हाथ कट जायेगा!"

"नहीं नहीं···नहीं कटेगा। हम हिन्दू-मुसलमान की लड़ाई का खेल खेलेंगे।····दो न जल्दी!" नीलू ने मचल कर आग्रह किया।

दादी की आँखें भय और विस्मय से फैल गयीं। दोनों हाथों में सिर थाम उन्होंने नीलू की माँ को पुकारा, "हाय राम!···देख तो!!···ये बच्चे!!!"

●

आदमी या पैसा?

कॉलिज के सहपाठी हम सब लोग अब बिखर चुके हैं। हम लोगों के जीवन में अब कोई सादृश्य और समता भी नहीं रह गयी। कभी आपस में साक्षात्कार हो जाने पर शिष्टाचार के नाते मुस्कराहट होंठों पर छा जाती है। अधिकांश में हम लोग अपनी-अपनी कृच्छता में या कहिये निर्वाह न हो सकने लायक आमदनी में सन्तोष और सफलता अनुभव कर लेने की आध्यात्मिक प्रक्रिया का अभ्यास करते रहते हैं।

अपने सहपाठियों से प्रायः नरदेव और राम बाबू की ही याद आती है। नरदेव आई० सी० एस० में चला गया था। वह अब सेक्रेटेरियट में खूब ऊँचे पद पर है। जब कोई पूछ बैठता है कि हमने एम० ए० कब पास किया था तो मुँह से उत्तर निकल जाता है—हमने और नरदेव ने प्रेजीडेन्सी कॉलिज से एक साथ ही एम० ए० किया था। अरे जानते नहीं, वही नरदेव जो स्वायत्त शासन का सेक्रेटरी है, दो हजार मासिक ले रहा है।

इस दृष्टि से हमारे दूसरे साथी राम बाबू को भी खूब सफल समझा जाना चाहिए परन्तु उनके प्रति समाज में और अपने मित्रों में भी वैसा

आदर नहीं जैसा नरदेव के लिए है। तनखाह के नाम पर राम बाबू भी डेढ़ हजार ले रहे हैं परन्तु न उनके अपने चेहरे पर और न समाज के हृदय पर ही उनका वैसा रोब है। हम लोग प्रायः अपने राम बाबू की चर्चा सहानुभूति से कर संतोष पा लेते हैं कि यह भी कोई जिन्दगी है!…इसे बरबादी ही समझिए।

कॉलिज में राम प्रतिभावान् और बेपरवाह भी था। कॉलिज के बाद पत्रकार बन गया। खबरें इकट्ठी करने या गढ़ने और उन्हें रंग देने की अद्वितीय प्रतिभा के कारण आज पत्रकारों में उसकी तो नहीं, अलबत्ता उसकी कलम की धाक है। शरीर से रूखा-सूखा, पोशाक की ओर से बेपरवाह, आँखों पर मोटे-मोटे शीशों का चश्मा चढ़ाये, मेज पर बैठ कुछ घंटे कलम घिस कर ऐसी बात पैदा कर सकता है कि कभी-कभी सरकार भी परेशान हो जाती है और समाज के बड़े-बड़े स्तम्भ पूँजीपति भी तिलमिला उठते हैं। वह सब कर सकने पर भी राम बाबू की अवस्था दयनीय ही है।

राम बाबू एक बड़े होटल में रहते हैं। डेढ़ हजार मासिक तनखाह पाते हैं पर होटल का मासिक बिल छः महीने तक उधार चढ़ा रहता है। तनखाह मिलते ही यदि उधार लेने वाले न आ पहुँचे तो तनखाह सप्ताह भर में ही समाप्त हो जाती है और फिर मित्रों से दस-दस पाँच-पाँच उधार माँगते फिरना। सबसे बड़ा प्रलोभन तनखाह मिलते ही राम के सामने आता है, घुड़दौड़ में बाजी लगाने का।

राम बाबू से अपनी अन्तरंगता चली आ रही है। उसकी दयनीय दशा देखकर डेढ़ हजार रुपये माहवार पाने वाले व्यक्ति की तुलना में, उससे लगभग एक चौथाई तनखाह पाकर भी अपना जीवन सन्तुष्ट समझने का सन्तोष होता है और एक सफल आदमी को उपदेश दे सकने की महत्वाकांक्षा भी पूरी होती है। राम का जीवन एक खूब ऊँचे लम्बे बाँस जैसा जान पड़ता है जो बिना किसी सहारे के अकेला खड़ा है। हवा और आँधी में ऐसे झूलता है कि जब चाहे गिर जाये। हम लोगों के जीवन बीसियों टेकों और रस्सियों से पृथ्वी के साथ जकड़े हुए हैं। ऊँचे न सही पर हमारे जीवन के हरदम गिर पड़ने की आशंका भी नहीं।

राम को कई बार समझाया, "यदि तुमसे अपने खर्च की व्यवस्था ठीक से नहीं हो पाती तो तनखाह मिलने पर हमारे यहाँ अपनी भाभी के

पास जमा कर दिया करो। वह बड़ी समझदार है। देख लो, चार सौ में घर चलाती है। आड़े समय के लिये कुछ बचा भी रखती है। जानते हो, बाल-बच्चे वाला घर है!···तुम आवश्यकतानुसार रुपया ले लिया करो।''

राम बाबू ने दैन्य से दाँत निकाल हँसते हुए इन्कार में हाथ हिलाया, ''यह बात नहीं। आखिर करें भी तो क्या!···बस ऐसी ही चलते है। ···विवशता है।''

''विवशता है''····तनखाह मिलते ही पाँच सौ-हजार घुड़दौड़ में लगा देने की तुम्हें क्या विवशता है? तुम आशा करते हो; पचास हजार मिल जाएगा और जेब का पाँच सौ-हजार भी खो बैठते हो। तुम्हें पचास हजार की जरूरत ही क्या है? क्या डेढ़ हजार में गुजारा नहीं चल सकता? हम लोगों को देखो!···जेब का रुपया खो देने पर जो परेशानी होती है वह साफ ही है। मान लो, पचास हजार आ जाय और वह भी दाँव पर लगा दिया तो?'' तर्क से राम बाबू को समझाने का यत्न किया।

''सवाल गुजारे का नहीं है भाई, विपद तो यह है कि खुद गुजरता जा रहा हूँ!'' राम ने विवशता में हाथ फैला अपनी कटहल के छिलके जैसी हजामत बढ़ी ठोढ़ी उठा दी, ''पचास हजार की जरूरत नहीं, ठीक कहते हो!···हजार में ही काम चल सकता है, यह भी ठीक है पर आदमी करे क्या? और करे किसके लिए?'' कुर्सी पर सम्भल कर उसने कहा, ''सुनो, एक बाजी लगा लेने से ऐसा मालूम होता है कि कोई ऐसी चीज सामने आ गई है जिसमें आदमी डूब गया हो।···सब कुछ उसी के लिये है, समझे! उससे परे कुछ दिखाई नहीं देता। आशा और आशंका की झनझनाहट अनुभव होने लगती है। कुछ देर के लिए जिन्दगी की गर्मी महसूस होती है···एक सनसनाहट! जीवन की एक झनकार! एक थ्रिल मालूम होती है। आदमी जिन्दगी के बोझ को भूल जाता है। जिन्दगी स्वयं ही दौड़ पड़ती है, उसे ढोना नहीं पड़ता। मन उमग पड़ता है कि जूझ जायें···नहीं तो जिन्दगी में है क्या।···बाजी हार गये तो क्या और जीत गये तो क्या! गरमी तो बाजी की होती है, थ्रिल की होती है। वह थ्रिल ही सब कुछ है।'' राम शिथिलता में कुर्सी पर लुढ़क गया, ''और जब जिन्दगी में गरमी या थ्रिल नहीं रहती तो फिर सुस्ती या थ्रिल के अभाव को अनुभव न करने के लिए, उसे डुबो देने के लिए, मन में गरमी पैदा करने के लिए तबीयत होती है कि पियो! अगर न पिया तो

सोचते रहो कि जिन्दगी किसलिए है?" राम ने उत्तर माँगने की मुद्रा में दीनता से हाथ फैला दिये।

राम उस रोज बीस रुपये उधार माँगने आया था। जानता था देना ही पड़ेगा परन्तु रुपया उधार दे देने से पहले इतने समर्थ मित्र की भलाई के विचार से यह बता देना भी कर्त्तव्य, समझा "देखो, आड़े समय तुम्हें दस-बीस रुपये उधार दे सकता हूँ। बताओ, जीवन में तुम सफल हो या मैं? रामू भैया, जिन्दगी को जान-बूझ कर ढलवान पर ढकेलते जाने में ही क्या संतोष!...एक दिन ऐसी जगह पहुँच जाओगे कि ऊपर चढ़ना सम्भव ही न रहेगा। कहीं एक जगह पाँव टिका कर फिर ऊपर की ओर चढ़ने की कोशिश करनी चाहिए।...इतना घुड़दौड़ में उड़ा देना, इतना पी डालना और रहा-सहा छोकरियों को खिला देना; इन बातों में क्या तत्व है!...तुम्हारे हाथ में क्या रह जाता है! भाई, जीवन में कुछ स्थिरता तो हो।...तुम्हारे हाथ में प्रतिभा और पैसा दोनों है, तुम चाहो तो क्या नहीं कर सकते!"

"बताओ मैं क्या करूँ?...मैं क्या कर सकता हूँ!" राम ने ठोड़ी पर हाथ रख मेरे परामर्श के प्रति विवशता प्रकट की, 'डेढ़ हजार रुपये से ज्यादा तनख्वाह की आशा मेरे लिये इस व्यवसाय में नहीं हो सकती। इसके आगे एक ही महत्वाकांक्षा हो सकती है कि मैं अपना पत्र चलाने की बात सोचूँ। मैं इतना मूर्ख नहीं हूँ कि साधनहीन होकर भी अपरिमित साधन पत्र-मालिकों से होड़ करने की बात सोचूँ और वह सिरदर्दी मैं समेटूँ किसके लिये।...मैं डेढ़ हजार रुपये में अपना श्रम बेचता हूँ परन्तु मैं अपने पूँजीपति मालिक के हाथ में एक चाबुक की तरह हूँ। तुम समझ लो, मेरा मालिक मुझे जनमत पैदा करने की कीमती मशीन समझता है जिसे वह अपनी सामाजिक और राजनीतिक शक्ति बनाये रखने के लिए चला रहा है। इससे मशीन को क्या फायदा!...क्या संतोष!...मशीन का अपना क्या अस्तित्व?

"सुनो, मैं इतना मूर्ख नहीं हूँ कि अपने पूँजीपति मालिक की दृष्टि में उपयोगी हो सकने के कारण अपने व्यक्तित्व को कोई खास महत्वपूर्ण चीज समझ बैठूँ। मैं यह भी जानता हूँ कि जो आदमी डेढ़ हजार रुपये माहवार दे सकता है, वह पैसे के लिये बातूनी कलाबाजी करने वाले मुझ जैसे बीसियों आदमी खरीद सकता है। मुझसे तेज बीसियों पढ़े हैं, जिन्हें

अवसर नहीं मिल रहा। वे हजार-आठ सौ लेकर वही कलाबाजियाँ कर सकते हैं जो मैं पन्द्रह सौ में करता हूँ। कहो, किस बात के लिए पाँव जमाने की कोशिश करूँ?

"बताओ, जिन्दगी में क्या उद्देश्य बना लूँ? अगर एक औरत घर में लाकर, उसे और उस बच्चों को ही पालना शुरू कर दूँ तो यही कौन बड़ा काम है!" राम ने प्रश्न में मुँह फैला अपने टूटे हुए दाँत दिखा दिये, "...किसी ने मुझे खरीद रखा है, किसी को मैं खरीद लाऊँ! ...यदि मुझे उसका स्वभाव और व्यवहार असह्य जान पड़ा तो? ...मेरे जैसे दो-चार और मनुष्य पैदा हो जाएँगे तो इससे समाज का क्या बन जाएगा।... मेरा मालिक मेरा उपयोग करता है। में अपने आपको भुलाने की चेष्टा कर आत्माभिमान बचाये हूँ। अच्छा, अब बीस रुपये निकालो, बहुत जरूरत है!" राम ने उठने के लिए तैयार होकर कहा, "भई, आज झरना के यहाँ जाना चाहता हूँ। तबीयत बड़ी सुस्त है।...जल्दी करो!"

"चले जाना।" मैंने कहा, "ऐसी जल्दी क्या है?"

"जल्दी ही है। फिर कोई दूसरा वहाँ जा बैठेगा तो मुश्किल होगी न!" राम उतावली से बोला, "निकालो न रुपये!"

"झरना के यहाँ आखिर क्या मिल जाएगा?" मैंने समझाना चाहा।

"क्या मिल जाएगा!" हाथ हिलाते हुए राम ने उत्तर दिया, "दो-तीन घंटे अपने आपसे चिढ़ूँगा नहीं, खिन्नता नहीं अनुभव करूँगा। उसकी बातों में भूला रहूँगा।...दिल-बहलाव रहेगा!"

"जब तुम जानते हो," मैंने आग्रह किया, "कि उसके यहाँ बीसियों आदमी आते-जाते हैं तो उसकी बातों से बहलाना धोखा नहीं?"

"जान कर जाता हूँ तो धोखा नहीं है।" राम समझाने के लिए शिथिलता छोड़ कुर्सी पर आगे झुक गया, "मैं कौन उसका उम्र भर का ठेका लेने को तैयार हूँ! बीस रुपये दूँगा, रात भर का हक होगा। तुम क्या चाहते हो, यह मुझे कहे कि वह मेरे सिवा और किसी को जानती ही नहीं!...मेरे लिये जान दे देगी! ऐसा कहे तो धोखा समझो।...उस पाखंड में क्या रखा है? सच पूछो तो वह निन्यानबे फीसदी पतिव्रताओं से ज्यादा ईमानदार है।"

राम की बात का विरोध किया, "वह ईमानदार है। उसके साथ ईमानदारी का सवाल ही क्या?"

"है कैसे नहीं! पहली ईमानदारी तो उसकी यही है कि वह ईमानदारी का दम नहीं भरती। वह ऐसी जगह बैठी है जहाँ बात साफ है कि सम्बन्ध या मित्रता पैसों की है। अगर किसी का मन धोखे के बिना न मानता हो तो इससे अधिक जो चाहे समझ ले।"

"जब जानते हो कि कुछ घंटों के रिझाव का किराया दे रहे हो तो उसे प्रेम और मित्रता समझ सकते हो?" मैंने तर्क किया।

"प्रेम और मित्रता क्या है?···कुछ घण्टे अपने मन की खिन्नता भुलाने का मोल है भैया! जैसी बात मैं चाहता हूँ, वैसी ही वह करती है। बस इसी बात का दाम है और फिर प्रेम होता क्या है···किसी से संतोष पाने से ही तो प्रेम होता है! जिन्दगी भर का प्रेम कैसा? बिना प्रेम अनुभव किये प्रेम के अभाव की तुलना कैसे की जाये? यदि मैं उसे छल करने के लिए विवश न करूँ तो वह छल नहीं करती।"

"छल नहीं करती?" मैंने राम को कोंचने के लिए विस्मय प्रकट किया।

"हाँ, छल नहीं करती!" पिछले दफे जब मैं उसके यहाँ गया तो यों ही थकावट सी अनुभव कर मैंने कहा—झरना, मेरे शरीर पर पाउडर लगा कर मालिश कर दो। वह मालिश कर रही थी मुझे अच्छा लग रहा था। उससे कुछ बात करने के लिए पूछ बैठा—मुझे तो मालिश करवाने से अच्छा लग रहा है परन्तु तुम्हें इससे क्या संतोष मिलता है?

"मेरी जाँघ पर बहुत सा पाउडर डाल, उसे हाथों से सूतते हुए उसने उत्तर दिया—संतोष क्यों नहीं बाबू, टका मिलता है।

"मैंने बात बढ़ाई—टका ही मिलता न!···संतोष तो नहीं मिलता?

"टके से ही संतोष होता है बाबू! उसने उत्तर दिया, पेट भरना है तो टका चाहिए। टके के लिए करती हूँ, नहीं तो तुम टका क्यों दो?

"टके के लिए करती हो। मैंने फिर पूछा, अगर तेरे पास काफी रुपया होता तो क्या करती?

"करती क्या बाबू····करती यह कि मजे से लेट जाती और किसी को बीस रुपये देकर कहती कि रात भर मेरे शरीर की मालिश करो!"

राम ने कुर्सी पर सम्भलते हुए प्रश्न किया, "बोलो, है ईमानदार की कि नहीं!" फिर ताव में आकर बोला, "मैंने झरना से पूछा, यह काम क्या तुम्हें अच्छा लगता है? ···तुम सन्तुष्ट हो?"

''उसने उत्तर दिया—बाबू, क्या सब लोग संतुष्ट ही हैं? मनचाहा ही काम करते हैं? पेट बहुत कुछ कराता है बाबू। जैसे और सौ काम यह भी एक काम है। पालने वाला कोई एक न हुआ, दस-बीस के ही सहारे जिन्दगी काट रही हूँ। दस बुरा कहते हैं तो दस को अच्छी लगती हूँ।···चोर बाजार करने वाले को सब गाली देते हैं तो क्या कोई अपना धन्धा छोड़ देता है! मैं कौन अनोखी बात करती हूँ बाबू! अच्छे बाबू, अपने-अपने घरों में दूसरी सब औरतें क्या करती हैं?

''मैंने समझाया—झरना, कैसे-कैसे आदमी तेरे यहाँ आते हैं! उसे गुलजारा सिंह की याद दिलायी। गुलजारा सिंह ड्राइवर है। तारकोल के पीपे की तरह काला, मोटा और चिपचिपा; तिस पर सूखी झाड़ी सी दाढ़ी, दुर्गन्ध भरी पगड़ी। उसे झरना के यहाँ आते देख मुझे घृणा होती है। उसकी याद दिला कर मैंने कहा—कैसे-कैसे भूतों के साथ सो जाती है तू!···बुरा नहीं लगता?

''क्या बुरा लगता है बाबू, यही बात तुम गुलजारा सिंह की बहू से पूछो····उसकी बहू 'न' कर सकती है? वह उसे रोटी देता है। मुझे भी कभी-कभी देता है। वह कभी-कभी आता है।····कैसे इन्कार करूँ?··· अच्छा बाबू, तुम जिस मालिक की नौकरी करते हो, तुम्हें क्या बहुत प्यारा लगता है? बाबू, जो अन्न देता है, अपना काम लेता है। तुमने नहीं देखा, कैसे-कैसे भुसंड सेठ परियों को लिये फिरते हैं। कोई भलीमानस परी इस पर एतराज करती है? ···उन्हें सेठ का क्या प्यारा लगता है; पैसा ही तो!···बाबू, तुम बीस देते हो तुम्हारी बात दूसरी है, पुराना साथ है। गुलजारा सिंह आता है, पच्चीस-तीस दे जाता है। बोतल साथ लाता है। कभी साड़ी, कभी कपड़ा अलग से दे जाता है। बाबू, आदमी साथ नहीं सोता उसका पैसा सोता है····!''

राम उच्छृंखलता पर उतर आया था। मैं चौंका, रसोई में बैठी बच्चों की माँ इसकी बात सुन न रही हो।

''बस! बस!'' हाथ के संकेत से उसे चुप करा रुपये लेने भीतर के कमरे में चला गया।

●

प्रधानमंत्री से भेंट

रामराज्य, स्वराज्य या गणराज्य की स्थापना के बाद से भारतीय प्रजा या नागरिकों ने अधिकारों का आश्वासन पा लिया है। इन अधिकारों में से एक बड़ा अधिकार है–अपनी व्यक्तिगत या मामूली से मामूली शिकायतों के लिए मन्त्रियों और प्रधान मन्त्रियों तक से भेंट की माँग कर सकना। इस अधिकार को व्यवहार में लाने के लिये जनता बहुत उतावली भी जान पड़ती है। भारत की प्रादेशिक राजधानियों में सूर्योदय के समय ही अनेक प्रकार की पोशाकें पहने लोग, जिनमें खद्दरधारियों की संख्या अधिक रहती है, मन्त्रियों, मुख्यमन्त्रियों और केन्द्र में प्रधानमन्त्री के निवास-स्थान की ओर बढ़ते हुए दिखाई देते हैं। यह लोग अपने-अपने सामर्थ्य के अनुसार भिन्न-भिन्न प्रकार की सवारियों पर सवार रहते हैं। कुछ लोग इस दावे से कि अब जनता का ही राज्य है, सवारी के लिए दाम न होने पर स्टेशन से पैदल ही मन्त्रियों के निवास-स्थान की ओर चल देते हैं, जैसे लोग तीर्थ-स्थान की ओर पैदल जाने में लज्जा अनुभव नहीं करते।

प्रधानमन्त्री के बँगले का बरामदा भेंट करने के लिए उत्सुक अभ्यागतों या यात्रियों से भर चुका था। प्रधानमन्त्री के निजी सहायक

(प्राइवेट सेक्रेटरी) बरामदे में प्रकट हुए। बहुत समय तक प्रधानमन्त्री के स्वभाव और व्यवहार की छाया में रहने के कारण महापुरुष का काफी प्रभाव इन पर पड़ चुका है। बाहर आते समय खद्दर की श्वेत टोपी की नोक ठीक करने के लिए उठे हुए उनके हाथ विस्मय में फैले रह गये और माथे पर त्योरियाँ पड़ गयीं।

"आप लोग···आप लोग इस तरह चले आते हैं!···आप लोगों को इस बात का जरा खयाल नहीं कि प्रधानमन्त्री के पास इतना समय नहीं है।···आप लोग नहीं जानते कि कितनी बड़ी-बड़ी समस्याओं का बोझ उनके कंधों पर है!···आप लोग उन्हें अपनी छोटी-छोटी बातों से परेशान करने के लिए चले आते हैं। आप लोगों की समझ का दायरा कितना तंग है! आप जानते हैं आज मंत्री सभा (कैबिनेट) की कितनी जरूरी बैठक है और प्रधानमन्त्री बैठक में जा रहे हैं। इस समय वे आप लोगों से किसी भी हालत में भेंट नहीं कर सकते!" प्रधानमंत्री के निजी सहायक ने अभ्यागतों को समझाने की कोशिश की, "आप लोगों को इतना भी व्यावहारिक ज्ञान नहीं कि भेंट करने से पूर्व समय निश्चित कर लेना आवश्यक है?"

सम्मानित पोशाक पहिने तीन अतिथि एक साथ उठ खड़े हुए और जेब अथवा बैग से कागज निकाल कर दिखाने का यत्न करते हुए उन्होंने आग्रह किया कि वे मुलाकात निश्चित हो जाने पर ही आये हैं।

उनकी बात पूरी हो सकने के पहले ही दूसरे अभ्यागत हाथ जोड़, गिड़गिड़ा कर बोल उठे, "मैं तीन दिन से भेंट के लिए समय निश्चित करने का यत्न कर रहा हूँ। कोई सुनवायी नहीं हुई···।"

"मुझे सिर्फ एक वाक्य कहना है।" एक और अभ्यागत बोले।

अनेक अभ्यागत एक साथ बोल उठे, "केवल दर्शन···!"

एक ओर से पुकार उठी, "हम बीस हजार व्यक्तियों की ओर से भेजे गये प्रतिनिधि···।"

दूसरी ओर आवाज आयी···अन्न-संकट से हजारों व्यक्ति···।"

"डिप्टी कमिश्नर के अन्याय।"

"गोली चल गयी। पाँच आदमी···।"

प्रधानमंत्री के परेशान से निजी सहायक की आँखें भिंच गयीं और उनके हाथ आशंका में ऐसे उठ गये जैसे कोई आदमी मधुमक्खी के दल को अपने ऊपर झपटते देख आत्मरक्षा के लिए घबरा गया हो।

"चुप रहिए आप लोग!···जो लोग प्रधानमंत्री के दर्शन करना चाहते हैं, वे एक लाईन में सड़क पर खड़े हो सकते हैं! प्रधानमंत्री अभी कैबिनेट की बैठक के लिए जा रहे हैं। जो लोग उनसे कुछ निवेदन करना चाहते हैं, बरामदे में लाइन बाँध लें। कृपया याद रखिए, जो कुछ कहना हो, दो शब्दों में, बहुत संक्षेप में कहिए।" निजी सहायक ने फिर दोनों हाथ उठाकर अभ्यागतों को समझाने के लिए अपनी बात दोहरायी।

हाथ में कागजों का छोटा-सा पुलिंदा लिये महाशय क्ष ने दुबारा साहस किया, "आपने मुझे इस समय आने के लिए लिखा था।"

"चुप रहो!" निजी सहायक ने उद्विग्नता से हाथ उठाकर उन्हें बैठे रहने का संकेत किया।

"मेरा मामला बहुत दिन से प्रधानमंत्री के सामने है···।" महाशय क्ष ने फिर आग्रह किया और अपने हाथ के कागज दिखाते हुए बोले, "मै यह कागज उन्हें सौंप देना चाहता हूँ।"

निजी सहायक शायद महाशय क्ष और उनके मामले से कुछ परिचित थे, बोले, "आपका मामला प्रधानमंत्री देख चुके हैं। विश्वास रखिए, आपका काम हो जाएगा परन्तु इस समय आप उन्हें परेशान न कीजिए। इस समय प्रधानमंत्री बहुत ही व्यस्त हैं।" निजी सहायक ने एक दफा फिर सभी अभ्यागतों की ओर देखकर चेतावनी दी, "इस समय प्रधानमंत्री बहुत व्यस्त हैं आप फिर किसी समय मिल सकेंगे। प्रधानमंत्री एक मिनट में आने वाले हैं।" निजी सहायक यह चेतावनी दे भीतर चले गये।

लगभग दो मिनट बाद प्रधानमंत्री खद्दर की श्वेत अचकन, चूड़ीदार पाजामा और सफेद टोपी पहने हुए निजी सहायक के साथ बाहर निकले। उनके दायें हाथ में लिपटे हुये कुछ कागज थे। प्रौढ़ावस्था प्राप्त प्रधानमंत्री यौवन मुद्रा में चपल चरणों से चले आ रहे थे। अभ्यागतों की ओर देख सौजन्य की एक मुस्कान उनके चेहरे पर आ गयी। कागज पकड़े दायें हाथ को बायें हाथ के सहयोग से उठाकर उन्होंने अभ्यागतों

को एक सार्वजनिक नमस्कार किया और ड्योढ़ी में खड़ी मोटर की ओर बढ़ने लगे।

अभ्यागतों के हाथ नमस्कार के लिए उठे। कुछ एक के होंठ हिले परन्तु प्रधानमंत्री के निजी सहायक की चेतावनी के कारण शब्द मुख से न निकल सके।

महाशय क्ष अपने आप को सम्भाल न सके। हाथ के कागज आगे बढ़ा कर बोल उठे, ''मैं यह काम···।''

प्रधानमंत्री उछल कर महाशय क्ष के सामने जा पहुँचे, ''चुप रहो! चुप रहो! ···यह क्या बत्तमीजी है!'' गम्भीर अपराध के लिए प्रतारणा करने की मुद्रा में प्रधानमंत्री ने आँखें निकाल कर फटकारा।

''मैं···मैं···।'' महाशय क्ष भय से हकला गये।

''क्या बकवास है! मैं···मैं···मैं कहता हूँ चु-चुप रहो। मैं कहता हूँ चुप रहो!'' प्रधानमंत्री भी क्रोध में हकला गये, ''तुम लोग नहीं समझते कि कितनी बड़ी-बड़ी समस्याएँ, कितने बड़े-बड़े मसले, कितनी बड़ी-बड़ी बातें मुल्क के सामने हैं। तुम लोग जरा-जरा सी बातों को लेकर यहाँ चले आते हो!'' प्रधानमंत्री ने काँपते हुए दोनों हाथों की मुट्ठियाँ बाँध कर समझाया।

''जी···!'' महाशय क्ष ने क्षमा-सी माँगते हुए अपने हाथ के कागज प्रधानमंत्री की ओर उठा कर फिर साहस किया।

प्रधानमंत्री ने अपने हाथ के कागज फर्श पर पटक दिये और महाशय क्ष के हाथ से भी कागज छीन कर फर्श पर पटक दिये और दोनों हाथों से महाशय क्ष के कंधों को खूब झिंझोड़ कर समझाया—''जी! जी! जी···मैं कहता हूँ चुप रहो! चुप रहो!! चुप रहो! तुम लोग तमीज कब सीखोगे!''

महाशय क्ष एक हिचकी ले स्तब्ध रह गये। उन्हें चुप करा देने में सफल होकर प्रधानमंत्री ने अपने पीछे चलते दो अर्दलियों और निजी सहायक की सहायता की उपेक्षा कर फर्श पर लटके हुये कागज उठा लिये और अपनी उत्तेजना को वश में करने के लिए बायें हाथ से अचकन का बटन ऐंठते हुए, तेज कदमों से ड्योढ़ी में खड़ी मोटर की ओर चल दिये।

मोटर के ड्योढ़ी से बाहर निकलते ही पीछे रह गये प्रधानमंत्री के निजी सहायक क्रोध में आँखें लाल किये महाशय क्ष के सामने पहुँचे। दाँत पीस कर क्रोध से ऊँचे स्वर में उन्होंने क्ष को फटकारा, "कितने बत्तमीज हैं आप!···आपको कितना समझाया था लेकिन आप··· ।"

"जी···!" महाशय क्ष ने फर्श से उठाये कागज दिखाकर क्षमा-सी माँगनी चाही।

"फिर वही बात···जी! जी! जी!" निजी सहायक का क्रोध विस्फोट की सीमा पर पहुँच गया, "चुप रहो! चुप रहो! कितनी अच्छी तरह आपको समझा दिया था लेकिन आप बाज नहीं आये। कितने बदकिस्मत हैं आप! अपना बना-बनाया मामला आपने खराब कर लिया और अब भी चुप नहीं रहना चाहते!"

"जी मैं···!"

जी! जी! जी!···अब भी चुप नहीं रहना चाहते···चले जाइए यहाँ से!" निजी सहायक ने फैली हुई बाँह से बंगले के फाटक की ओर इशारा करते हुए धमकी दी।

"जी मैं यह कहना चाहता हूँ," महाशय क्ष ने उत्तेजित स्वर को यथासम्भव ऊँचा करते हुए साहस किया, "कि प्रधानमंत्री अपने कागज मुझे दे गये हैं और मेरे कागज ले गये हैं।"

"हैं! हैं! हैं···गजब हो गया!" निजी सहायक घबरा गये, "दूसरी मोटर···मोटर जल्दी लाओ!" उन्होंने पास ही खड़े अर्दली को हुक्म दिया।

महाशय क्ष के हाथ से कागज झपट कर निजी सहायक तुरन्त ड्योढ़ी के समीप खड़ी दूसरी मोटर में प्रधानमंत्री का पीछा करते चले गये।

●

मार का मोल

जयकृष्ण प्रसाद कलकत्ते में व्यवसाय कर रहा था। पहले उसने अपने दूर के किसी सम्बन्धी के साझे में व्यवसाय आरम्भ किया था। तब उसे व्यापार के दांव-पेंच और पैतरों का कोई ज्ञान न था। आरम्भ में बच्चों को गड़ीरे पर चलना सिखाया जाता है परन्तु चलना सीख जाने पर गड़ीरे की सहायता की आवश्यकता नहीं रहती; बच्चे यों ही दौड़ लगाने लगते हैं। वैसे ही जयकृष्ण प्रसाद एक बार व्यवसाय के क्षेत्र में कदम जमा लेने पर तेजी से स्वतंत्र व्यवसाय करने लगा। कलकत्ते के मझले दर्जे के बाजार में उसके पाँव अच्छे-खासे जम गये थे।

जयकृष्ण प्रसाद को उसके बालसखा गोवर्धन प्रसाद का पत्र मिला। गोवर्धन किसी आवश्यक काम से कलकत्ते आकर उसका अतिथि बनने वाला था। बालसखा से मिलने और कुछ समय उसके साथ निस्संकोच विनोद में काट सकने की आशा से जयकृष्ण प्रसाद का मन पुलकित हो उठा। उसकी प्रसन्नता में अहंकार से अपनी सफलता दिखाने की इच्छा भी मिली हुई थी। देहात में रहने वाला गोवर्धन प्रसाद उसके कलकत्ते के ढंग और ठाठ देख अवाक रह जाएगा। ऐश्वर्य का सुख केवल भोग की

तृप्ति में नहीं होता। ऐश्वर्य का प्रदर्शन भोग से अधिक संतोष देता है। जयकृष्ण प्रसाद ऐसे ही गर्व की उमंग अनुभव कर रहा था। गोवर्धन को अपने ढंग से चकित कर देने के लिए उसने सौ-सौ के तीन नोट बटुए में रख लिये थे।

गोवर्धन के मानसिक विकास पर उसके नाम का काफी असर था या बिहार के देहात का प्रभाव था कि इतनी आयु हो जाने पर भी गोवर्धन प्रसाद 'गोबर-धन' बना रहा था। वह संसार को अपने कस्बे से विस्तृत और विचित्र नहीं समझता था। कलकत्ते की विशालता, विस्तार और कल्पनातीत जनप्रवाह से वह स्तब्ध-सा रह गया।

जयकृष्ण प्रसाद ने मित्र को टैक्सी में बैठा कर उन बाजारों में तेजी से घुमाया जहाँ गोवर्धन को कदम उठाने में भी आशंका मालूम होती थी। गोवर्धन का हृदय पल-पल पर दोमंजिली बस और भयंकर 'हाहाकार' करती हुई ट्राम के नीचे कुचले जाने की आशंका से धक्‌धक् करने लगा।

गोवर्धन के चेहरे पर भय और आशंका को भाँप कर जयकृष्ण प्रसाद को अपनी सफलता और चातुर्य का महत्व अनुभव हो रहा था। जयकृष्ण प्रसाद ने गोवर्धन को तीन घंटे टैक्सी में घुमाने के बाद बीस रुपये टैक्सी वाले की ओर किराये के बढ़ा दिये। यह देख गोवर्धन की आँखें फैली रह गयीं। जयकृष्ण प्रसाद ने मित्र का कंधा थपथपा कर उसे सांत्वना दी—"दोस्त, क्या देखते हो, यह कलकत्ता है ना!"

कलकत्ते के दो रूप हैं। यों तो कलकत्ते के कई रूप हैं परन्तु साधारणतः घूमते-फिरते समय भी कलकत्ते के दो रूप दर्शक को दिखाई देते हैं। एक रूप वह जो टैक्सी में बैठ कर चलने पर दिखाई देता है और दूसरा बस की ठेलमठेल भीड़ में किसी तरह धँस कर चलने पर दिखाई देता है। टैक्सी में बैठ कर घूमने से कलकत्ता ऐसा लगता है जैसे सुरक्षित नाव में बैठा व्यक्ति नदी किनारे लगे मेले की बहार देख रहा हो। बस और ट्राम की भीड़ में कठिनता से पाँव जमा सकने की जगह पाकर खड़े हुए व्यक्ति के कंधे और सिर इस तरह जकड़ जाते हैं जैसे कंधों के ऊपर कोई बड़ा बक्सा औंधा दिया गया हो। बस और ट्राम की छत के सिवा और कुछ देख पाने में असमर्थ व्यक्ति तेजी से बहा चला जाता है।

वह कलकत्ते को वैसे ही देखता है जैसे बरसाती नदी को बाढ़ की लपेट में आ गया व्यक्ति नदी तट के सौंदर्य को परख सकता है।

जयकृष्ण प्रसाद संध्या समय गोवर्धन को लेक की सैर कराने के लिए टैक्सी पर ले गया था। लौटते समय टैक्सी सामने न दिखायी दी। वे दोनों बस पर सवार होकर लौटे। बस में सभी सीटें भरी हुई थीं। दो-चार आदमी खड़े थे। जयकृष्ण प्रसाद और गोवर्धन भी खड़े हो गये। कलकत्ता की बसों में सब सीटें भर जाने पर आठ-दस आदमियों के खड़े रहकर चलने की इजाजत रहती है लेकिन भीड़ के कारण प्रायः अठारह-बीस आदमी ठासाठस खड़े होकर चलते हैं। इस खयाल से जिस बस में जयकृष्ण प्रसाद और गोवर्धन चढ़े, उसमें भीड़ नहीं समझी जा सकती थी। जयकृष्ण प्रसाद बस में खड़े रहते समय सहारा लेने के लिए बस की छत से लटकते चमड़े के पट्टे को थामे, मजे में खड़ा था। गोवर्धन चलती मोटर में खड़े रहने का अभ्यास न रहने के कारण लड़खड़ा गया और गिरते समय सहारे के लिए फैला हुआ उसका हाथ समीप की सीट पर बैठी एक बंग रमणी के कंधे पर जा पड़ा। अवसर की बात, उसे खड़े होने की ऐसी ही जगह मिली थी।

इससे पहले कि गोवर्धन संभल पाये, रमणी के समीप सीट पर बैठे हुए एक बंगाली भद्र पुरुष सीना फुला कर गरज उठे—"यह क्या अभद्रता है? ...आदमी हो कि जानवर?"

गोवर्धन सकपका गया परन्तु जयकृष्ण प्रसाद ने बीच-बचाव कराने के लिए गोवर्धन की ओर से बंगला में बोल कर क्षमा माँगी कि बदनियती का तो कोई सवाल ही नहीं। घटना केवल पैर फिसल जाने की विवशता के कारण हो गयी है। इस पर भी बंगाली भद्र पुरुष का क्रोध शांत होने में कुछ समय लगा।

कुछ दूर चल कर दायीं ओर की सीटें खाली हो गयीं। जयकृष्ण प्रसाद और गोवर्धन को भी बैठने की जगह मिल गयी। बिहार के देहात से आये गोवर्धन को बिना घूँघट काढ़े, सकुच और सिमिट कर चलने वाली कोमलांगी कलकत्ते की रमणी के प्रति उसी प्रकार का कौतूहल हो रहा था जैसे सदा बड़े-बड़े; विरूप, धूल में लिपटे और सीना फुलाकर लड़ने के लिए उतावले कुत्तों को देखने वाले देहातियों को लम्बे-लम्बे रेशमी बालों से ढंके, गोद में उठाये जाने वाले बिस्कुट-आहारी

कुत्तों को देख कर होता है। वह बार-बार आँख बचा कर उसी युवती की ओर देख रहा था जिसके कि कंधे पर अचानक उसका हाथ जा पड़ा था, जिसके लिए उसे फटकार सुननी पड़ी थी। यह सोचकर कि उस रमणी की रक्षा के लिए एक व्यक्ति साथ चल रहा है, गोवर्धन के मन में युवती के प्रति अति मूल्यवान समझी जाने के कारण आदर और श्रद्धा का भाव पैदा हो गया था। वह नागरिक लावण्य के प्रति आदर, श्रद्धा और कौतूहल से आँखें चुरा-चुरा कर उसकी ओर देखता रहा। मन ही मन उसने समझ लिया—यह है कलकत्ते के बड़े शहर की, बड़े घर की औरत!

गोवर्धन की सीट उस रमणी की पीठ के दायीं ओर बिल्कुल सामने होने के कारण वह उनकी नजरों में ही थी। गोवर्धन भय का पुट लिये वैसे ही आदर से रमणी को देख रहा था जैसे समझदार बालक पूजा के लिए बनी झाँकी को, उसे छू देने से बिखर या टूट जाने की आशंका से सहमा हुआ देखता है। उसके विचित्र केश-विन्यास को, चेहरे पर हल्की ओस की सी सफेदी को, माथे पर बनी विचित्र बिन्दी को, होंठों पर लालिमा को, बड़ी-बड़ी आँखों के कोनों से कानों तक खिंची आँखों की नोकों को। स्त्री के ऐसे सुकुमार शरीर और आदरणीय रूप में उसने कभी नहीं देखा था। बस में कुछ समय बैठे रहने पर गोवर्धन को युवती के अपनी ओर से दिखाई देने वाले गाल पर कुछ निशान से दिखायी दिये। इस निशानों के प्रति गोवर्धन अपना कौतूहल न दबा सका। समीप बैठे मित्र की बाँह दबा उसने दबे स्वर से अपनी देहाती बोली में पूछ ही तो लिया—"इसके गाल पर यह निशान कैसे हैं?"

जयकृष्ण ने ध्यान से देख और दबे स्वर में ही समझाया, "क्या पागल है? और काहे का निशान है?...पाँचों उगलियों के झापड़ का निशान है! साफ तो दिखता है!"

गोवर्धन के मन में सहानुभूति और करुणा सी उमड़ आयी। उसे खयाल आया ऐसी कोमल और सुसंस्कृत नारी पर भी थप्पड़ पड़ सकता है! उस रमणी के प्रति आदर के विचार से गोवर्धन ने उस ओर से आँखें हटा लीं। बहुत देर तक वह मन ही मन यही सोचता रहा इस विशाल नगर की विशाल अट्टालिकाओं में ऐसी ही असंख्य आदरणीय कोमल रमणियाँ भरी होंगी। इतने आदर में थप्पड़ पड़ने पर वे सहम कर चुप रह

जाती होंगी···देहातियों की तरह काँय-काँय कर छप्पर सिर पर न उठा लेती होंगी!

चौरंगी पर आकर जयकृष्ण प्रसाद के इशारे पर गोवर्धन भी बस से उतर गया। बड़ी-बड़ी दुकानों के सामने संध्या समय हो गई चकाचौंध रोशनी में घूमते हुए जयकृष्ण ने प्रस्ताव किया, "चलो तुम्हें कलकत्ते का रंग दिखावें!"

वह गोवर्धन को बाँह से थामे 'एवरग्रीन बार' में ले गया। बिजली की रोशनी से जगमग लम्बे से कमरे में, जगह-जगह लोग मेजों को घेरे हुए कुर्सियों पर बैठे थे। उनमें कितनी ही स्त्रियाँ थीं जो मर्दों की बगल में बैठीं, कहकहे लगाती हुई चुहल कर रही थीं। गोवर्धन के लिए यह दृश्य कल्पनातीत था। वह इन स्त्रियों को समझ नहीं पा रहा था। पहनने-ओढ़ने, चेहरे की कोमलता और केश विन्यास से वे सब शहर के सम्मानित बड़े लोगों की मेम साहिबा ही जान पड़ती थीं परन्तु उनका व्यवहार था मर्दों से भी बढ़ कर निस्संकोच! गोवर्धन विस्मित था—कलकत्ते में यह कैसी स्त्रियाँ हैं जिन्हें संकोच और भय नहीं?

जयकृष्ण प्रसाद ने ह्विस्की के दो पेग मँगवाये और उसमें सोडा मिला कर एक गिलास गोवर्धन की ओर बढ़ा कर बोला—"बेटा यह विलायती ताड़ी चखो!"

अपने देहात में गोवर्धन घर और बिरादरी के बड़े-बूढ़ों की नजर बचा कर कई बार ताड़ी चख चुका था इसलिए मित्र के साथ इस अपरिचित जगह में शराब पी लेने में उसे कोई आपत्ति न थी। शराब के नशे से अधिक फुरफुरी उसे हो रही थी उन स्त्रियों को देख कर।

"यह कैसी औरतें हैं?" गोवर्धन मित्र से पूछे बिना न रह सका।

"देख लो, सामने ही तो हैं!···कैसी होती हैं औरतें!" मुस्करा कर जयकृष्ण प्रसाद ने उत्तर दिया।

कुछ देर बाद जयकृष्ण प्रसाद ने गोवर्धन को कोंच दिया–"क्यों पसन्द है कोई? ···बात करोगे?"

मित्र की मुस्कराहट से गोवर्धन ने अपने मस्तिष्क पर जोर देकर समझा कि शराबखाने में हँसी-ठिठोली करने वाली औरतें कैसी हो सकती हैं! मित्र के साथ एक ओर बैठा हुआ वह इस अद्‌भुत दृश्य को देख

रहा था। उन निस्संकोच युवतियों से आँखें मिल जाने पर उसे असुविधा अनुभव होने लगती।

गोवर्धन अपनी बायीं ओर की मेज पर दो आदमियों के बीच हरी साड़ी पहने बैठी एक युवती को बराबर देख रहा था। उसके अट्टहास से गोवर्धन का ध्यान कई बार आकर्षित हो चुका था। फिर अट्टहास सुन गोवर्धन की आँखें उसकी ओर गयीं। गोवर्धन ने देखा कि युवती के दायीं ओर बैठा व्यक्ति उसे पाँच रुपये का एक नोट दिखा रहा था। युवती ने पाँच रुपये के नोट के उत्तर में अंगूठा दिखा दिया और दूसरे हाथ से उस मर्द की कमीज की जेब से दस-दस के दो नोट खींच लिये। मर्द ने अपने नोट वापस छीन लेने के लिए हाथ बढ़ाया। युवती उसकी हाथ की पहुँच से बचने के लिए दूसरी ओर झुक, नोटों को अपने ब्लाउज में खोंसती हुई मुस्करा दी।

नोट छिपाने वाला व्यक्ति यह सीनाजोरी सह जाने के लिए तैयार नहीं था। उसने दूसरे हाथ से युवती की कलाई जोर से मरोड़ दी।

युवती के मुँह से चीख-सी निकल गयी 'उफ'। उसके माथे पर बल पड़ गये। सहसा उसका थप्पड़ कलाई मरोड़ने वाले व्यक्ति के मुँह पर जा पड़ा। दूसरे हाथ से उसने नोटों को मर्द के मुँह पर फेंक दिया।

बार का मैनेजर और दो एक बैरे 'क्या है? क्या है?' कहते हुए उस मेज पर आ गये। उन लोगों ने बीच-बचाव कर स्थिति शांत करने के लिए युवती को वहाँ से उठा दिया।

वह युवती उठ कर दूसरी मेज पर जा बैठी और आवेश में जल्दी-जल्दी साँस लेती हुई कलाई मरोड़ने वाले व्यक्ति की ओर ऐसे घूरने लगी जैसे मार खायी बिल्ली आक्रमण करने वाले की ओर देखती है।

जयकृष्ण प्रसाद ने एक ही घूँट में अपना शेष गिलास समाप्त कर गोवर्धन को भी गिलास समाप्त कर उठने का संकेत किया।

बाहर आकर जयकृष्ण अपने मित्र से बोला—"चले चलो यहाँ से, झगड़ा-बखेड़ा हो तो बैठने से क्या फायदा?"

बाहर आकर भी गोवर्धन के मस्तिष्क पर उस दृश्य के आघात से छा गई मूढ़ता कम न हो पायी। उसे ऐसा जान पड़ रहा था जैसे औरत का थप्पड़ उसके ही मुँह पर पड़ा हो!

जयकृष्ण की बाँह दबा कर वह फिर पूछ बैठा—"देखो इस बदमाश औरत की हिम्मत! और एक वह थी, बेचारी भले घर की शरीफ औरत बस में।"

मित्र की मूर्खता पर उपेक्षा से हँस जयकृष्ण ने समझाया—'इस हरामजादी को कौन कोई उम्र भर का सहारा देने वाला है जो यह चुपके से मार खा जाय?"

शहनशाह का न्याय

शहनशाह बहुत न्याय-प्रिय थे।

दरबार में उनके मुसाहिबों ने उनकी प्रशंसा की—"जहाँपनाह बहुत न्याय-प्रिय हैं।"

यह बात सुन कर जहाँपनाह को वह सुख हुआ जो अनेक साजों की लहरों पर बहती संगीत की नाव में बैठ बेसुध हो जाने पर भी न हो सकता; जो सुख "शीराज़ी" के प्यालों से उत्तेजित हो, बेगम नूरेहरम की आँखों के नीले आकाश में पर फैला कर स्वच्छन्द उड़ानें भरने से भी न हो सकता था। उन्हें अनुभव हुआ, वे एक ऐसी हस्ती हैं जैसी कोई दूसरा शख्स नहीं हो सकता। उनके इस गुण के कारण संसार से उनके चले जाने पर भी लोग उन्हें याद करते रहेंगे।...वे सदा अमर रहेंगे।

शहनशाह न्याय-प्रिय तो थे ही, उन्होंने और भी अधिक व्यापक और पूर्ण न्याय करने का निश्चय कर लिया। निश्चय किया कि कोई भी गरीब-गुरबा उनके न्याय से वंचित न रह सके। उनकी प्रजा को अन्न मिले या न मिले, न्याय जरूर मिले। अन्न देना काम मौला का, न्याय करना काम राजा का। मौला अन्न दे या न दे, राजा न्याय करेगा।

आदिल (न्याय-प्रिय) शहनशाह ने सोचा—यों तो इन्साफ करने के लिए उनकी तरफ से मुल्क भर में काजी, मुल्ला और दारोगा (नौकरशाही के अनेक रूप) तैनात हैं, मगर ये काजी, मुल्ला और दारोगा भी तो आखिर इन्सान हैं। स्वार्थ और पक्षपात उनके भी मन में आ सकता है। वे अन्याय कर सकते हैं लेकिन प्रजा को न्याय मिलना चाहिए। काजी, मुल्लाओं और दारोगाओं के अन्याय से प्रजा को बचाना बादशाह सलामत का फर्ज है।

शहनशाह जानते थे कि उनके हुजूर में पहुँच पाना सर्वसाधारण के लिए सहल नहीं था। राजमहल की ड्योढ़ी से लेकर उनके दरबार तक सैकड़ों सशस्त्र सिपाही पहरे पर तैनात थे। सैकड़ों ख्वाजासरा तलवारें खींचे उनके हरम की ड्योढ़ियों पर मुस्तैद रहते थे, इसलिए शहनशाह ने हुक्म दिया कि महल में उनकी आरामगाह की खिड़की से नीचे जमीन तक एक बड़ा घण्टा लटका दिया जाये।

शहर में बादशाह सलामत के हुक्म से डोंडी पिटवा दी गयी—'खलक खुदा का, मुलक बादशाह का; हर खासो-आम को इत्तला दी जाती है कि साहिबे-आलम, जहाँपनाह, शहनशाहे मुअज्जम की आरामगाह की खिड़की से एक घण्टा लटका दिया गया है। जिस किसी बशर को इन्साफ तलब हो, इस घण्टे को बजा कर साहिबेआलम के हुजूर में अपनी फरियाद हाजिर कर सकता है।'

शहनशाह की नौकरशाही, काजियों, मुल्लाओं और दारोगाओं ने जहाँपनाह का यह ऐलान सुना तो वे चिंतित हो गये। उन्होंने प्रधान काजी के सम्मुख जाकर दुहाई दी—"अगर इन्साफ जहाँपनाह खुद करेंगे तो काजी, मुल्ला और दारोगा क्या करेंगे?"

प्रधान काजी मुस्करा दिये। उन्हें अपनी मातहत नौकरशाही की बुद्धि पर तरस आया। वे बोले—"बादशाह के न्याय का घण्टा बजाने देने का मौका किसके हाथ में है? ...इस घण्टे की रक्षा करना किसका कर्त्तव्य है...बादशाह सलामत की नौकरशाही का! बादशाह सलामत देश की रक्षा करते हैं इसलिए देश के मालिक हैं। बादशाह सलामत की नौकरशाही, बादशाह सलामत की जान और उनके घण्टे की रक्षा करती है इसलिए... समझ लो!"

शहर भर के काजियों, मुल्लाओं और दारोगाओं ने प्रधान काजी की बुद्धिमानी और नीतिज्ञता को स्वीकार करने के लिए सिर झुका कर उन्हें आदाब किया।

बादशाह सलामत के हुक्म से न्याय की पुकार के लिए लटकाये गये घण्टे की रक्षा के लिये सशस्त्र सिपाही तैनात कर दिये गये। शहनशाह आरामगाह में बेगम नूरेहरम के हाथ से बरफ में दबी 'मय अर्गवानी' और 'सब शीराजी' बिलौरी प्यालों में पीते हुए अपने न्याय के घण्टे की टंकोर सुनने के लिए प्रतीक्षा करते रहते। दिन बीते, हफ्ते बीते और महीने बीत गये। न्याय के घण्टे ने न्याय के लिये दुहाई न दी। बादशाह सलामत को संतोष होता गया कि उनके राज्य में अन्याय नहीं है।

एक दिन बुधवा धोबी संध्या समय अपने बैल पर घाट से लादी लेकर घर लौटा था। थकावट से चूर होने के कारण वह बैल को खूँटे से बाँध देने से पहले ही खाट पर बैठ गया। बैठा तो ऊँघ आ गयी। बुधवा का बैल अवसर से मिली इस स्वतन्त्रता का लाभ उठाने के लिए जिधर मुँह उठा, चल दिया। बैल घूमता-फिरता एक मंडी में जा पहुँचा। मंडी में उसने एक दुकान के आगे रखी गुड़ की भेली पर मुँह मारा। बनिये ने यह अन्याय देख बैल के मालिक को गालियाँ देकर दो लाठियाँ बैल की पीठ पर जोर से जमा दी।

बैल कुछ दूर आगे दौड़ा। किसी रईस के अस्तबल में घोड़े के लिए रखी हरी दूब देख, बैल की जीभ दूब का रस लेने के लिए मचल गयी। यह देख रईस के नौकरों ने चाबुकों और कमचियों से बुधवा के बैल का सत्कार कर उसे आगे रास्ता दिखा दिया।

बुधवा का बैल अवसर से पायी स्वतन्त्रता का आनन्द लेता, गलियों और बाजारों की सैर करता चला जा रहा था। जगह-जगह उसकी पीठ पर छड़ियाँ और लाठियाँ बरस कर निशान बनते जा रहे थे। बैल चलता-चलता शहनशाह के महल के नीचे जा पहुँचा। बादशाह के आरामगाह की खिड़की से लटकता घण्टा उसे दिखायी दिया। अंधेरे में घंटा बैल को गुड़ की भेली सा जान पड़ा। वह उसकी ओर बढ़ने लगा।

न्याय के घण्टे की रक्षा के लिये तैनात सशस्त्र सिपाही आस-पास बैठे औंघा रहे थे। वे न्याय की दुहाई देने वाले मनुष्यों से घण्टे की रक्षा कर रहे थे। पशुओं से उन्हें कोई आशंका न थी।

बुधवा का बैल गुड़ के लोभ में घण्टे की ओर लपका। उसका मुँह लगने से घण्टा बज उठा। चौकसी के लिए तैनात औंघाते हुए सिपाही आशंकित हुए परन्तु इतने में आरामगाह की खिड़की के नीचे घण्टे की टंकोर सुनने के लिए तैनात चोबदार पुकार चुका था–"कौन है? जहाँपनाह, साहिबेआलम के हुजूर में इन्साफ की फरियाद करने वाला कौन है? फरियादी को हाजिर किया जाय।" अब बैल को खदेड़ कर भगा देने का अवसर न था।

न्याय प्रिय शहनशाह शराब के जोम में झूमते हुए दूनी तत्परता से न्याय करने के लिये उठ बैठे। उनके सामने फरियादी की जगह एक बैल पेश किया गया तो बादशाह सलामत को कुछ ताज्जुब हुआ। उन्होंने अपनी आँखें मल कर ध्यान से देखा—बैल तो बैल ही था लेकिन फिर खयाल आया कि साहिबे-आलम की सल्तनत के पशु भी तो उनकी प्रजा हैं और उनके साथ भी न्याय होना चाहिये।

शहनशाह ने बैल को हुक्म दिया—"फरियाद करो!"

बैल को चुप देख शहनशाह के मन में विचार आया कि बैल तो बेजुबाँ हैं। बेजुबाँ रियाया की फरियाद समझना उनका अपना फर्ज है। उन्होंने फिर आँखें खोलीं और गौर से बैल की ओर देखा। बैल के शरीर पर पड़ी लाठियों के चिह्न बादशाह सलामत को दिखायी दिये। वे बैल की न्याय के लिए दुहाई का कारण समझ गये।

बादशाह सलामत ने शहर कोतवाल (नौकरशाही) को हुक्म दिया—"बैल के मालिक की तलाश करके उसे इन्साफ के लिए माबदौलत के हुजूर में हाजिर किया जाय।"

बादशाह के फरमाबरदार शहर कोतवाल ने मुस्तैदी से बैल के मालिक बुधवा धोबी को तलाश कर बादशाह सलामत के हुजूर में फौरन पेश कर दिया।

बादशाह सलामत ने अपराधी बुधवा धोबी को सम्बोधन किया—"तुम्हारे बैल ने माबदौलत के हुजूर में बेरहमी से पीटे जाने की फरियाद की है।"

फिर बादशाह सलामत ने शहर कोतवाल को सम्बोधन किया—"इस बैल की पीठ पर चोटों के जितने निशान हों, गिन कर उतने ही कोड़े

बैल के मालिक बुधवा धोबी को शहर के चौक में खड़े करके लगवाये जायें।"

बुधवा धोबी सजा का यह हुक्म सुन कर काँप उठा। उसने जमीन पर सिर रख दुहाई दी—"जहाँपनाह, मैं तो अपने बैल को फूलों से पोंछ कर रखता हूँ। मैंने उसे नहीं मारा। कोई गवाह कह दे उसने मुझे बैल को मारते देखा हो।"

अभियुक्त को अपने इन्साफ पर एतराज करने का दुस्साहस करते देख शहनशाह को ताज्जुब हुआ लेकिन इन्साफ का खयाल कर गम खा गये और इर्शाद फरमाया—"ऐ नादान बशर (भोले आदमी), माबदौलत के इन्साफ कर उज्र करने की तुम्हारी जुर्रत से माबदौलत को ताज्जुब है। माबदौलत के इन्साफ पर रियाया का उज्र करना ही सबसे बड़ा जुर्म है। जब वालियेसल्तनत (सरकार) रियाया पर खुद इल्जाम लगाये तो गवाह और सबूत की जरूरत नहीं होती। हमारे कोतवाल ने तुम्हें गिरफ्तार किया है। माबदौलत ने तुम्हें सजा का हुक्म दिया है इसलिए कसूरवार हो!

शहर कोतवाल बादशाह का हुक्म पूरा करने के लिए बुधवा धोबी को मुश्कें बाँध कर ले गये।

जब साहिबेआलम अपनी आरामगाह पर वापस लौटे तो बेगम नूरेहरम ने उन्हें न्याय की तत्परता के लिए बधाई दी। बादशाह बेगम के हाथ से शराब का नया जाम स्वीकार करते हुए संतोष से बोले—"बेगम आज दुनियाँ ने देख लिया कि माबदौलत की अदल में इन्सान तो क्या, जानवर के साथ भी इन्साफ किया जाता है।" और शहनशाह ने न्याय स्थापना के परिश्रम की थकान में और न्याय करने की सफलता के आश्वासन में, शराब का एक और जाम एक घूँट में पी लिया।

●

स्थायी नशा

सन् १९४२ में 'भारत छोड़ो' आन्दोलन में भाग लेने के कारण जेल जाना पड़ा था। जेल से छूटने पर दाजू ने परिवार के प्रति उत्तरदायित्व के सम्बन्ध में एक प्रभावशाली व्याख्यान देकर समझाया—"··· जो आदमी इस लड़ाई के जमाने में भी नहीं कमा सका, वह दुनिया में कभी कुछ नहीं कर सकेगा। रुपया तो बरस रहा है। कोई समेटने के लिए झोली भी न पसार सके तो उसे क्या कहें?

"कोई मौके को ठुकराता ही जाय तो मौका ही उसके पीछे कहाँ तक दौड़ेगा?" दाजू जोर देकर बोले, "तुम्हें देश का काम करने से कोई नहीं रोकता लेकिन देश का काम करने लायक तो हो जाओ।···तुम नकल करते हो बड़े-बड़े लीडरों की। अरे, उनकी और तुम्हारी बराबरी क्या? वे लोग सौ-पचास का पेट भर, उन्हें अपने साथ लेकर चल सकते हैं और तुम हो; अपनी ब्याही औरत को ही दूसरों की मोहताज छोड़कर देश की सेवा करने चले हो।···जो अपने घर का कुछ नहीं बना सकता, वह देश का क्या खाक बनाएगा?"

और फिर दाजू ने सांत्वना दी—"तुम्हें करने को कहता कौन है? तुम हमारे साथ तो बने रहो। बस देख-भाल में साथ देते रहो। आलू के

परमिट के लिए दरखास्त दे दो। आलू न ढोना चाहो तो परमिट ही बेच डालना। हजार-बारह सौ उसी में बच जाएँगे।''

युद्ध के समय, रुपये की उस बरसात में परमिट-मात्र ले लेने से, इतनी आसानी से हजार-बारह सौ प्रति मास बन जाने की आशा ने यह विश्वास दिया कि उचित रूप् से देशभक्ति कर पाने के लिए अर्थात् कांग्रेस में कोई अधिकारपूर्ण स्थान पा सकने के लिए हाथ में कुछ रुपया होना ही अच्छा है। रुपये की आवश्यकता किस काम में नहीं पड़ती? अगर नेताओं को एक तार ही देना हो अथवा नेताओं से मिलने के लिए लखनऊ जाना पड़ जाय या सभा करने के लिए डोंडी ही पिटवानी हो तब भी रुपये के लिए हाथ पसारना ही पड़ता है। ऐसे समय सभा का हो सकना और न हो सकना, इस कार्य के लिए रुपया दे सकने वाले पर ही निर्भर करता है।

एक बात यह थी कि जितने उत्साह से ''करो या मरो!'' की भावना से आंदोलन में भाग लेकर हम लोग जेल गये थे, जेल में मिलने वाले समाचार-पत्रों से और जेल से छूटने के बाद गाँधी जी, नेहरू जी, पंतजी, और मौलाना आजाद आदि नेताओं के वक्तव्य पढ़ने से यही मालूम हुआ कि १९४२ की हमारी क्रांति, 'कांग्रेस के नेताओं का आदेश नहीं थी बल्कि नेताओं के अभाव में अंग्रेज सरकार के उत्तेजना दिलाने पर, देश के गुमराह नौजवानों का अनियंत्रित उत्साह-मात्र था।' अनुत्साहित करने वाले इतने अधिक कारणों से घिर गया कि दाजू के साथ 'रानीखेत' जा कर आलू की परमिट लेकर कुछ कारोबार कर लेना ही उचित समझा।

परमिट पाने के लिए बात पांडे जी की मार्फत होनी थी। उन्होंने सूर्यास्त के पश्चात् साढ़े-सात बजे आने को कहा था। कारोबार के नये-नये उत्साह में पांडे जी के यहाँ ठीक समय पर पहुँच जाने के लिए उत्सुक था परन्तु दाजू मनुष्य के प्रयत्न की अपेक्षा भगवान् की पूजा और कृपा में ही अधिक विश्वास रखते हैं। सवा-सात बजे वे अपनी संध्या समय की पूजा अर्थात पाठ करने के लिए मकान के सामने तख्त पर बैठ गये। मिनट पर मिनट गुजरते जा रहे थे परन्तु दाजू का पाठ समाप्त होने में नहीं आ रहा था। पाठ समाप्त किये बिना दाजू का पूजा पर से उठ जाना उतना ही कठिन था जितना कि रानीखेत की पहाड़ी का अपने स्थान से उठ कर लखनऊ पहुँच जाना।

मैं बेचैनी और उतावली में दाजू के मकान के सामने चहल-कदमी करता हुआ उनका पूजापाठ समाप्त होने की प्रतीक्षा कर रहा था। दाजू को पूजा समाप्त करने की कोई जल्दी नहीं जान पड़ती थी। उन्हें अपने मंत्र बल पर इतना विश्वास है कि सम्पूर्ण संसार को उनकी पूजा समाप्त होने की प्रतीक्षा करनी ही होगी। सुविधा से पूजा करते-करते आये-गये आदमी से दो-चार आवश्यक बातें कर लेने में भी दाजू को कोई आपत्ति नहीं होती।

पूजा करते-करते दाजू ने सड़क से गुजरते बेचैनसिंह को पुकार कर उसकी बीमार माँ का हाल-चाल पूछ लिया और पूजा चलती रही। फिर जगधर पांडे को सामने से जाते देख उसके कारोबार का हाल-चाल पूछ कर उसकी समृद्धि के लिए शुभ कामना भी प्रकट कर दी और पूजा चलती ही रही। दाजू पूजा के प्रति अपनी निष्ठा के लिये प्रसिद्ध हैं, उन्हें पूजा करते जितने भी आदमी देखें, उनकी पूजा का महत्त्व बढ़ता ही है।

दाजू की पूजा चली जा रही थी और मैं मन ही मन कुनमुनाता हुआ मकान के सामने चहलकदमी किये जा रहा था। उसी समय 'खलासी बाजार' से ऊपर आने वाली एक गली से हरजू और नथिया एक दूसरे के गले में बाँहें डाले चले आते दिखायी दिये। समीप हलवाई की दुकान पर गैस जल चुका था। गैस के तीव्र प्रकाश में हरजू और नथिया की अस्थिर सी आँखें, चेहरे के तनाव और डगमगाती चाल से गहरे नशे का प्रभाव दिखाई दे रहा था।

अनुमान हो गया कि दोनों 'तल्ली' (नीचे) के ठेके से खूब छक कर पिये चले आ रहे हैं। दोनों अपने शौक के लिए बाजार में बहुत प्रसिद्ध हैं। इस शौक के परिणामस्वरूप बहुत कुछ भुगत लेने पर भी वे अपने इस आत्मिक या मानसिक सुख का अधिकार छोड़ देने के लिए तैयार नहीं। समीप आने पर हरजू की गुनगुनाती नक्की आवाज सुनायी दी—"मैं सच कहता हूँ भाई ⋯वह हाथ उठा कर बोला, "तू क्या जानता है⋯मैं तो तुझे अपने बाप की जगह समझता हूँ! सच मान तू, हाँ!"

नथिया ने हरजू के कंधे पर रखी अपनी बाँह से उसे अपनी ओर समेट कर स्नेह से विरोध किया—"अबे, यह कैसे कह सकता? ⋯हैंहे हैंहे, हैंहे, तू क्या जाने! मैं तुझे हमेशा से अपना बाप समझता आया हूँ बे! तू है मेरे बाप की जगह!"

नथिया के विरोध की उपेक्षा कर हरजू ने लरजती हुई आवाज में अपने अधिकार पर फिर आग्रह किया—"नहीं यार, कैसी बात कर रहा है तू!....ऐसा कहीं हो सकता है!...तू हमेशा से मेरा बाप है।"

नथिया ने हरजू के आग्रह को अस्वीकार किया—"अबे तुझे कह दिया सौ बार...तू है मेरे बाप की जगह।"

नथिया के कंधे पर रखी हरजू की बाँह तन गयीं। नथिया को अपनी ओर खींचने के बजाय दूर ढकेल कर हरजू ने लाल आँखों से उसकी ओर देख गुर्रा कर धमकाया—"अबे साले, तुझसे कह तो दिया हजार बार कि तू है मेरे बाप की जगह!"

उसकी गुर्राहट की उपेक्षा नथिया ने नहीं की। उसने मित्र के गले में पड़ी अपनी बाँह खींच कर उसके कुर्त्ते का गिरेवान झटक कर चुनौती दी—"अबे हरामी, तू कौन होता है मुझे बाप बनाने वाला? तू है मेरा बाप!"

हरजू, ताव में आ गया—"तेरी माँ का..." और मित्र के मुँह पर तड़ से थप्पड़ जड़ दिया। उस प्रहार के उत्तर में नथिया ने हरजू की टाँग के नीचे हाथ डाल उसे चौड़े पत्थरों के फर्श पर पटक दिया और उसकी बहिन से बलात्कार करने की घोषणा कर धमकाया—"साले...तू है मेरे बाप की जगह!"

दोनों में गुत्थमगुत्था होने लगी। कोई भी दूसरे को अपना बाप मानने की प्रतिज्ञा को छोड़ने के लिए तैयार नहीं था। पड़ोस की दुकानों से भले-मानुस दौड़ पड़े। भलमनसाहत के नशे के गर्व में वह लोग ठर्रे के नशे से बेसुध हरजू और नथिया की माँ-बहिनों से अनुचित व्यवहार करने के इरादे की घोषणा ऊँचे स्वर में करते हुए उन्हें एक दूसरे से पृथक करने की चेष्टा करने लगे।

भले मानुस लोग ललकार रहे थे–"इनकी माँ का...! दोनों हरामियों को थाने पहुँचाओ! ये बहिन...छः-छः महीने जेल की हवा खा आयें तो इनका दिमाग जरा ठीक हो।"

जेल भेजे जाने की इस धमकी का भी असर नथिया और हरजू के नशे पर न हुआ। नथिया हरजू को और हरजू नथिया को अपना बाप बना लेने की प्रतिज्ञा ऊँचे स्वर में दुहराये ही जा रहे थे।

गली में कोहराम मच गया। दाजू भी उस कोलाहल की उपेक्षा नहीं कर सके। अपनी पूजा में एक अल्प विराम देकर उन्होंने उन दोनों मूर्खों को, उनकी माँ-बहिनों के सम्बन्ध में एक-एक काफी बोझल गाली देकर समझाने का यत्न किया–"दोनों साले नशे में पागल हैं, समझते भी हैं कि क्या बक रहे हैं?"

दाजू की इस बात से मेरा ध्यान दाजू के मंत्रपाठ और पूजा की ओर चला गया कि वे ही जो कुछ मुँह से उच्चारण कर रहे हैं, उसका अर्थ और प्रयोजन कितना समझ पा रहे हैं? और सोचा, हरजू और नथिया तो घण्टे-डेढ़ घंटे में ठर्रे की अस्थायी झोंक हवा हो जाने पर अपने व्यवहार के लिए लज्जा अनुभव करने लगेंगे और इस घटना की याद से उन्हें संकोच भी होगा परन्तु दाजू का यह स्थायी नशा?

परन्तु ऐसी बात तो कोई भला आदमी पूजा और मंत्रपाठ के सम्बन्ध में कह नहीं सकता; कहे भी कैसे?····नशे के लिये लज्जा और पश्चात्ताप तो नशा टूटने पर ही अनुभव होता है।

मैं कुछ कह ही कैसे सकता था! मेरे मन में तो अभी दाजू की सहायता से आलू का परमिट पाने की आशा शेष थी इसीलिए सुबुद्धि ने चुप रह जाने का ही परामर्श दिया।

●

एक सिगरेट

दमती ब्राह्मणी है परन्तु छोटी जात की। छोटी जाति इसलिए कि ब्राह्मण होकर भी उसके घर के लोग हल जोतते हैं। कठिन श्रम और धरती के मैल से उनके शरीर कलुषित हो गये हैं। धूल और मैल से नित्य का सम्पर्क होने के कारण इन परिवारों का व्यवहार और भाषा भी मलिन हो गयी है। वे मान आदर खो बैठे हैं। यदि इन ब्राह्मणों को जीवन निर्वाह के लिए कठोर और मैला श्रम न करना पड़ता तो उनकी वंश-परम्परा में व्यवहार और भाषा की पवित्रता भी बनी रहती और उनके सामाजिक सम्मान के अनुकूल उनकी बेटी का नाम दमती न होकर दमयन्ती होता।

बद्रीनाथ धाम की यात्रा के मार्ग में 'कर्णप्रयाग' और 'रुद्र प्रयाग' के बीच सड़क से पाँच-छः मील हट कर दमती की ससुराल है, है क्या···· कहिए थी! ब्याह तो उसका तभी हो गया था जब वह ग्यारह-बारह बरस की थी। ब्याह के बाद भी वह डेढ़-दो बरस मायके में ही बनी रही। जब दमती का दूल्हा बजदत (बज्रदत्त), निम्न आर्थिक श्रेणी के दूसरे गढ़वाली नौजवानों की मर्यादा के अनुसार रंगरूट भरती होने के लिए 'लैंसडाउन'

जाने लगा तो बहू को अपने प्रौढ़ माता-पिता की सहायता के लिए उसके मायके से घर ले आया। एक ही बेटा होने पर माँ-बाप का बूढ़े हो जाना कुछ असाधारण सा लगता है परन्तु बात ऐसी ही थी। बजदत से पहले उसके माता-पिता के एक लड़की और फिर छः वर्ष के अन्तर से दूसरी लड़की हुई थी। पहली लड़की ब्याह की उम्र से पहले ही मर गयी। दूसरी लड़की भी जब पूरे आठ बरस की हो गयी तभी भगवान् ने नरान्दत (नारायणदत्त) को पुत्र का मुँह दिखाया। बजदत जब रंगरूट होने लायक पट्ठा हुआ तो उसके माँ-बाप जवानी की पहाड़ी की चोटी लाँघ, दूसरी ओर की ढलवान पर काफी उतर चुके थे। धरती से लड़-झगड़ और लाड़-प्यार कर अन्न उपजाने के कठिन काम में पुत्र के दूर रहते उन्हें बहू का बहुत सहारा था।

दमती थी भी ऐसी ही बहू। सास की हर पुकार पर उसका एक ही उत्तर होता–आई अम्मा! ऐसी बहू पाकर बजदत की माँ को थकान भी अधिक होने लगी। वह अपने हाथ के काम धीरे-थीरे बहू के लिए छोड़ने लगी। सास प्रायः कहती रहती—जाने क्यों···बदन गिरता ही जा रहा है। दमती ढोरों के लिये घास, रसोई के लिये ईंधन और पानी लाती, खेत में खाद फेंकने जाती और इस सबसे फुर्सत पाती तो सास की टाँगें और कमर भी दबा देती।

दमती की सास के शरीर में रेशे या वायु का प्रकोप रहता था। कभी दाँत दर्द करने लगते, कभी चेहरे का कोई भाग या आँखें सूज जातीं, कभी पेट में वायु का गोला-सा बन जाता। लोग इसके लिए तम्बाकू के धुयें का दम लगा लेने की सलाह देते परन्तु औरत तिस पर ब्राह्मण की जात, तम्बाकू पिये तो लोग क्या कहेंगे; यह डर भी तो था। जो हो, कष्ट का इलाज भी करना था। सास ने दमती को समझाया कि अपने काका (ससुर) की पुरानी, छोटी गुड़गुड़ी के नारियल में बिना पानी डाले चिलम में तम्बाकू और आग रख लाया करे। सास ओबरी (भीतर की अंधेरी कोठरी) में बैठ चुपके से दम लगा लेती। दमती सास के यह सब रहस्य भी ढके हुए थी।

ससुराल आकर दमती के शरीर की उठान खूब उभर आयी थी। शरीर की बाढ़ और उभार पूरा हो गया तो उसमें जोबन और छवि आने लगी; जैसे फल का आकार पूरा हो जाने पर उसमें रस और रंग आने

लगता है। उसके चेहरे पर लुनाई और आँखों में चमक आ गयी। बजदत पिछले बरस सिपाहियों की अट्ठाइस दिन की छुट्टी पर आया तो लौटते समय मन ऐंठ-ऐंठ कर रह गया। दमती की चाह उसके मन में ऐसी बस गयी थी कि छावनी में लौटने पर पाँव हरदम अपने गाँव की ओर उठने के लिए मचलते रहते। बजदत ने पलटन में सिगरेट पीना सीख लिया था। लम्बे-लम्बे कश खींच राख झाड़ने के लिये चुटकी बजाकर, वह अपने मुँह से निकले सिगरेट के धुएँ में अपनी बहू की कल्पना करने लगता। यह सिगरेट के कश क्या थे, दमती के लिये आहें थीं!

बजदत ने कम्पनी के सिपाहियों से तिकड़म लगा कर अपनी छुट्टी बारी से पहले ही, यानी नौ महीने बाद ही करवा ली। लैंसडाउन से चलते समय इस बार उसने टीन के फूलदार छोटे ट्रंक में बाप के लिये एक जोड़ा पुराने फौजी बूट, माँ की बंडी के लिये एक टुकड़ा मोटा कपड़ा और दमती के लिये केले के रेशम की, धूप-छाँव रंग की एक खूब चमकदार साड़ी चाँदी के झुमके, सुरमादानी और ऐसी ही कूछ और चीजें भी रख लीं। छावनी में सड़क के किनारे परदा खड़ा करके सन्दूक जैसे कैमरे से फोटो खींचने वाले पंजाबी से बजदत ने चार आने पैसे में अपना एक छोटा-सा फोटो भी बनवा लिया था। उसे तो केवल अट्ठाईस दिन घर में रहकर फिर छावनी में लौट आना था। सोचा, बहू फोटो देख-देख कर उसे याद करेगी। बजदत को इस कल्पना से संतोष होता। छावनी में बहू की याद आती थी तो वह सिगरेट के लम्बे-लम्बे कश खींचा करता। सिगरेट के धुएँ से सिर घूम जाता तो बहू के साथ होने की कल्पना करने लगता। उसके मन में था कि घर जाएगा तो ऐसे ही कश लगाकर बहू को बाँहों में लेकर प्यार करेगा।

बजदत के छुट्टी पर जल्दी आ जाने से माँ-बाप को अच्छा ही लगा था परन्तु जब इस बार लड़के ने पिछले बरस से आधी ही कमाई उनके हाथ में रखी तो इसका सम्बन्ध वे उसके छुट्टी पर जल्दी आ जाने से नहीं लगा सके। बजदत एक तो इस बार नौ ही महीने की तनख्वाह पाकर आया था दूसरे उसी तनख्वाह में से माँ-बाप के लिए कुछ सामान और दमती के लिये साड़ी, चाँदी के झुमके और दूसरी चीजें भी ले आया था। सिपाहियों की संगत में कुछ सिगरेट-विगरेट का भी शौक करने लगा था।

बजदत के माँ-बाप ने अपने हाथ में तो पहले से आधा पैसा पाया और बहू के लिए कीमती साड़ी और गहना आते देखा। उनका माथा ठनका⋯यह क्या?⋯यह बहू तो डाइन है। इसने तो लड़के को वश में कर लिया है।

बजदत छावनी से कुछ नये ढंग भी सीख आया था। दिन भर घूमता फिरता। खेती-बाड़ी के काम में उसका मन न लगता। बन्दूक चलाने वाले हाथ हल फावड़े को क्या छूते? वह घूमता-फिरता पाँच मील परे चट्टी (सड़क के पड़ाव) तक चला जाता। वहाँ से थोड़ी मूँगफली या मिठाई ले आता और चुपके से बहू को दे देता। लिहाज छोड़कर अपना बिस्तर ऊपर रसोई में लगा लेता। दमती के किसी काम में लगे रहने से उसे अबेर मालूम होती तो पुकार बैठता—अरी ओ!⋯प्यास लगी है। पानी दे जा! और फिर बहू को लौटने न देता। इतना तो माँ-बाप भी देखते थे और मन मार कर चुप रह जाते। कुछ वे नहीं भी देख पाते थे। बजदत आराम से लेट कर सिगरेट निकाल लेता। दमती को सिगरेट चूल्हे से सुलगा लाने के लिए कहता। दमती सिगरेट सुलगा देती तो वह खूब लम्बा कश खींच, उसे बाँहों में दबा लेता और सिगरेट थमी मुट्ठी दमती के मुँह पर रख जिद करता–तू भी पी! दमती को पहले तो धुएँ से खाँसी आयी और घबराहट हुई। फिर धीरे-धीरे मजा आने लगा। तमाखू के धुएँ से सिर घूम जाता तो दमती आँखें मूँद पति के सीने पर सिर रख लेती। दमती को भी यह सब अच्छा लगता।

बजदत के छुट्टी से लौट जाने से पहले ही सास का मन बहू से फट गया था। लड़के के चले जाने पर सास का व्यवहार और भी कड़वा हो गया। बहू भी चिढ़ने लगी—जाने बुढ़िया को क्या हो गया है? सब कुछ करते-धरते भी गाली देती रहती है। दमती भी उपेक्षा करने लगी। सुनकर भी न सुनती। सास का क्रोध और जलन भी बढ़ती गयी। दमती सास से दूर रहने लगी। ईंधन, पानी या घास के लिये जाती तो पहर भर लगा देती। सास घर पर हो तो वह गौ-घर की खाद फेंकने के लिए खेत चली जाती और सास खेत पर हो तो वह घर पर बैठी रहती। दूर जाने का अवसर न हो तो गौ-घर की परछत्ती पर, जाड़ों के लिए जमा की हुई घास पर ही जा लेटती। अब घर और खेती के काम में उसका मन न लगता।

पहले कुछ तो एकलौते बेटे की बहू के लाड़ में और कुछ अपने आराम के खयाल से सास ने दमती से कहा था—सब तेरा ही है। मैं क्या छाती पर रखकर ले जाऊँगी, तू ही सम्भाल! और घर दमती के हाथों में सौंप दिया था। टीन के दोनों बक्सों की चाबियाँ भी उसे दे दी थीं। सास के चाँदी के तीन-चार गहने भी इन्हीं बक्सों में थे। नाराज हो जाने पर सास ने सब लौटा लिया और बक्सों की चाबियाँ भी अपने घाघरे के नाड़े में बाँध लीं। यहाँ तक कि राँधने के लिए आटा-चावल भी खुद देने लगी, अपनी मुट्ठियों से नाप कर और वह भी इतना कि सास-ससुर के खा लेने पर बहू का पेट भरने के लिए भी न बचता। जलन में सास गालियाँ देती रहती कि डाइन ने बेटे का नाम उसकी तरफ से फेर लिया। जो कमा कर लाया, उसे ही दे गया।····खसम की कमाई छिपा ली और खाती है मेरे सिर!

बजदत के दिये झुमके सिर धोते समय बालों में उलझ जाते थे। एक दिन दमती सिर धोने गयी तो झुमके निकाल कर ओबरी के आले में रख गयी। लौटने पर सभी जगह ढूँढ़ा पर न मिले। सास से पूछा तो वह गाली देने लगी—हाय, देखो डाइन को! अपना गहना खुद छिपा कर मुझे चोरी लगाती है! दमती आँसू पोंछ कर चुप रह गयी। एक दिन उसकी सुरमादानी भी गायब हो गयी। बजदत छावनी लौटते समय अपना फोटो बहू को दे गया था। दमती ने फोटो डिबिया में बचे हुये एक सिगरेट के साथ रख लिया था। सास फोटो भी न चुरा ले, इस डर से दमती ने वह डिबिया गौ-घर की परछत्ती की एक धन्नी में खोंस कर छिपा दी थी।

सास की गालियों की मात्रा बढ़ती जा रही थी और दमती की रसोई के लिए दिया जाने वाला अन्न घटता जा रहा था। इतना कि उसका पेट ही न भर पाता। एक दिन दमती ने देखा कि सास ने आटा और भी घटा दिया। दमती ने सोचा—हाय, मैं क्या खाऊँगी? सास रसोई से बाहर गयी तो दमती स्वयं ही कठौते से दो-तीन मुट्ठी आटा निकाल कर परात में डालने लगी। सास ने पलट कर देख लिया।

सास पास-पड़ोस के लोगों को सुनाकर दमती को चोर कह कर गालियाँ देने लगी—"जाने इस डाइन का कितना बड़ा पेट है! राँड का··· ।"

सास का क्रोध भड़क उठा। वह बकती ही जा रही थी। दमती गुस्से में परात पटक कर रसोई से निकल गयी। उसे जोर की रुलाई आ रही थी। वह गौ-घर की परछत्ती पर जा लेटी। कुछ देर रोती रही। भूख लग रही थी। वह सोच रही थी—वह जाने कब आएगा? उसके आने तक तो सास मुझे भूखों मार डालेगी।

सास ने रोटी सेंक ली। ससुर को खाने के लिए पुकारा। बर्तनों की आहट से दमती ने जान लिया कि सास गुस्से में बर्तन उठा कर आप ही माँजने के लिए पिछवाड़े चली गयी है। दमती की आँतें भूख से कुड़मुड़ा रही थी। ऊपर परछत्ती में खोंसी हुई सिगरेट की डिबिया पर उसकी दृष्टि पड़ी। सोचा, सिगरेट ही पी ले। सिगरेट निकाल कर सुलगाने के लिये दबे पाँव रसोई में पहुँची।

दमती छिप कर रसोई में गयी थी परन्तु सास को आहट मिल गयी। उसने भाँपा, राँड रूठ कर डराती है और अब चोरी करने आयी है। वह बर्तन छोड़ कर दमती की चोरी पकड़ने के लिए दबे पाँव ऊपर गयी। वह बड़बड़ाती जा रही थी—अभी चुड़ैल के झोंटे में आग लगाये देती हूँ।

सास ने रसोई में झाँक कर देखा, दमती चूल्हे के सामने बैठी मुट्ठी में सिगरेट थामे कश खींच रही थी। सास की आँखें चढ़ गयी और मुँह-खुला रह गया जैसे आकाश से पत्थर आ पड़ा हो। सास होश में आयी तो चीख उठी–"अरे देखो राँड को!···सिगरेट पी रही है!···हाय यह तो बाजार की रंडी है। हाय रे, तभी तो मेरे लड़के पर जादू कर दिया। पैसे चुराती है और चट्टी से सिगरेट लाकर पीती है। बाबा रे, यह तो बखरी (बस्ती) के लौंडों को बहकाएगी··· ।" सास नीचे आँगन में आकर बाँहें फैला-फैला कर पड़ोस के लोगों को पुकार-पुकार कर सुनाने लगी।

ससुर रोटी खाकर विश्राम के लिए दीवार के साथ पीठ टिकाये हाथ में गुड़गुड़ी थामे पी रहा था। कोलाहल सुन कर बूढ़ा कश खींचता हुआ ऊपर रसोई में पहुँचा और क्रोध में चिल्ला कर बोला—"हरामजादी, निकल इस घर से? ब्राह्मण के घर बाजार की रंडी कहाँ से आ गयी! निकल अभी, नहीं तो अभी दाव से तेरी मुड़िया काटता हूँ।"

दोपहर में खेतों से कलेवा करने आये पास-पड़ोस के लोग भी झोपड़ियों (बखरी) में ही थे। वे शोर सुन कर बजदत के द्वार पर इकट्ठे हो गये। स्त्रियाँ पिछौरी के आँचल होंठों पर रखे चकित खड़ी थीं। सभी

बूढ़े-बूढ़ियों ने सहमत होकर कहा—"सिगरेट पीती है! ब्राह्मण की बेटी बहू क्या, यह तो बाजार की रंडी है! वह तो सबकी जात बिगाड़ देगी! न बाबा, इनके घर का पानी कौन पिएगा?"

दमती सिगरेट चूल्हे में फेंक कर सहमी हुई रसोई में दुबकी बैठी थी। सास ऊपर गयी और उसे चुटिया से पकड़ कर नीचे आँगन में खींच लायी। डरी हुई दमती आँचल में मुँह छिपाये वैसे ही खिंची चली आ रही थी जैसे बकरी कान से पकड़ ली जाने पर बेबस हो खिंची चली आती है। सास ने सबके सामने उसे लात मार कर कहा—"निकल जा रंडी, मेरे घर से!"

चिलम ठंडी हो जाने के डर से ससुर गुड़गुड़ी छोड़ नहीं पा रहा था। कश खींचता हुआ वह भी दमती को भारी-भारी गालियाँ दे घर से निकल जाने को कह रहा था और न निकलने पर मूँड़ काट लेने की धमकी दे रहा था।

दमती जगह-जगह से छिदी, मैली-सी घाँघरी पहने और वैसी ही पिछौड़ी ओढ़े थी। मार कर निकाल दी जाने की डर से वह आँचल में मुँह छिपाये खेतों की ओर चल दी। खेतों से परे एक तुन के पेड़ के नीचे खड़ी हो सोचने लगी—कहाँ जाऊँ? क्या करूँ? सास ससुर के पास अब वह न जाएगी। संसार में उसके लिए एक ही जगह थी, एक ही रास्ता था कि छावनी जाकर अपने आदमी से उसके माँ-बाप के अन्याय की शिकायत करे। वह तेज कदमों से चिट्टी की ओर चल दी।

दमती तीसरे पहर रुद्रप्रयाग जा पहुँची। दुकानों में पहुँच कर उसने छावनी का रास्ता पूछा। सोलह-सत्रह बरस की खूब जवान, अकेली और परेशान लड़की को छावनी का रास्ता पूछते देख कर चट्टी के दुकानदार हीरामन को स्थिति भांपते देर न लगी। उसने दमती को ढाढ़स दे कर, पुचकार कर बैठा लिया और परेशानी की हालत में घर से आने और छावनी जाने का कारण पूछने लगा। दमती ने आँचल से आँसू पोंछते-पोंछते सास-ससुर के अन्याय की और भूख की परेशानी में सिगरेट पी लेने की सच्ची-सच्ची बात कह डाली। फिर बोली—"मेरा आदमी छावनी में है, उसी के पास जाऊँगी।"

हीरामन दमती की सास को गालियाँ देकर उसे सान्त्वना देने के लिए बोला–"हाँ हाँ, और क्या? अपने मर्द को छोड़ औरत का कौन होता

है? वहीं जाना। तू थकी-माँदी आयी है। ब्राह्मण की लड़की है। कुछ खा और सुस्ता ले। रास्ता बता देंगे। आराम से भीतर बैठ। अपना ही घर समझ।" उसने दमती को कुछ मूँगफली और मिठाई खाने को दी। एक लोटा जल देकर बताया, "हम भी ब्राह्मण हैं। तू हमारे लोटे का पानी पी सकती है। घबरा मत।"

दमती को सड़क पर आते-जाते लोगों की नजरों से छिपाये रखने के लिए हीरामन ने भीतर की कोठरी में बैठा दिया। दमती छावनी पहुँचने के लिए उतावली हो रही थी। घण्टे भर बाद ही बोली—"अब जाती हूँ। रास्ता बता दो!"

"वाह, ऐसा कहीं हो सकता है?" हीरामन ने पुचकार कर समझाया, "भूखी कैसे जाने दूँ तुझे। पड़ोस की बहू-बेटी अपनी ही होती है। भात बना-खा कर जाना। क्या समझती है तू? सौ कोस का रास्ता है, धीरज से काम ले। उस तरफ से जाते मुसाफिरों के साथ कर दूँगा तुझे। तू बेचारी अनजान औरत जात; अकेले कैसे जाएगी!"

हीरामन ने दमती को दाल-चावल और बर्तन दे दिये। भात राँधते-बनाते साँझ का अँधेरा हो गया। दमती के मन में छावनी जाने की उतावली तो थी परन्तु उसने कई दिन बाद तृप्त होकर खाया था और ढाढ़स की बोली सुनी थी। उसे ऊँघाई आने लगी। कोठरी की जमीन पर ही पड़ कर वह सो गयी। कंधे पर ठेस अनुभव कर नींद खुली। देखा, कोठरी के कोने में छोटा-सा दिया टिमटिमा रहा था। हीरामन उसके कंधे पर हाथ रख कर मुस्कराकर बोला—"अब क्या सोती ही रहेगी?"

दमती उसके हाथ की पहुँच से परे हटकर नींद से बोझिल आँखें मलने लगी। उसने परे हटती देख हीरामन वहीं जमीन पर बैठ गया और जेब से सिगरेट की डिबिया निकाल, एक सिगरेट उसकी ओर बढ़ा कर बोला—"अच्छा ले एक सिगरेट तो पी!" दमती आँखें मल ही रही थी, उसने इनकार में सिर हिला दिया।

"तू पीती तो है, ले न!" हीरामन ने आग्रह किया।

"ऊँ हूँ," दमती फिर सिर हिला कर बोली "कहाँ पीती हूँ! वह तो मेरे मर्द ने दिया था। एक पिया तो यह हाल हुआ।···अब मैं छावनी जाती हूँ।"

"बड़ी जल्दी है तुझे छावनी जाने की?" हीरामन उसके समीप सरक कर बोला, "क्या करेगी छावनी जाकर? वह तो तुझे और मारेगा कि घर से भाग कर क्यों आयी! कहेगा तूने दुनिया में नाक कटा दी।" हीरामन ने प्यार से दमती के कंधे पर फिर हाथ रख समझाया, "तू मौज कर।···तुझे क्या है?"

"हट्ट!" दमती एक ओर उठ खड़ी हुई।

"नहीं मानती तो तू जान।" मुस्कराकर हीरामन बोला, "सुबह मुँह अँधेरे ही चली जाना। आधी रात में कोई रास्ता चलता है? रात में सड़क पर सिपाही पहरा देते हैं। जिसे देखते हैं, चोर कह कर पकड़ लेते हैं। सुबह मुँह-अँधेरे उधर के मुसाफिर चलेंगे। तुझे उनके साथ कर दूँगा।···बैठ तो!"

दमती उसके पास नहीं बैठी। हीरामन के आग्रह करने पर उसने उत्तर दिया–"वाह, पराये मर्द के पास कैसे बैठूँ?" और दूर ही खड़ी रही।

हीरामन पल भर सोच कर बोला–"अच्छा, हमसे घबराती है तो तू यहाँ सो जा; हम जाते हैं। सुबह छावनी की तरफ मुसाफिर जा रहे हैं। उनसे कह जाऊँ। तुझे साथ लेते जाएँगे।"

हीरामन पिछवाड़े के किवाड़ खोल निकल गया। दमती फिर जमीन पर लेट कर छावनी की बात सोचने लगी। मन में नयी जगह होने की घबराहट थी परन्तु घर कैसे लौटती? कुछ देर बाद वह फिर सो गयी। आधी रात में हीरामन ने दमती को फिर उठाया और बोला—"बाहर एक जाना-पहचाना मुसाफिर है। बड़ा भला आदमी है। तू भी खयाल रखना समझी! अकेली रास्ता चली औरतों को पुलिस वाले भगोड़ा कह कर पकड़ लेते हैं। तुमसे कोई पूछे तो अपने को उसी की 'सैणी' (पत्नी) बता देना भला!"

दमती को अच्छा नहीं लगा। "हट" उसने उत्तर दिया–"किसी बैग (गैर मर्द) को अपना मर्द कैसे कह दूँगी मैं?"

"पागल है तू!" हीरामन ने अनुभवी और अपनेपन के ढंग से समझाया—"दूसरे की तुझे कौन बना रहा है? तू गाँव की रहने वाली है, सड़क पर चलना क्या जाने? तेरे ही भले की कह रहा हूँ। औरत को

अकेली चलने का सरकारी हुक्म नहीं है। कोई नाम-गाम पूछे तो अपना नाम नन्दा बताइयो और कहना मेरा आदमी साथ है, जो पूछना है, उससे पूछो। पुलिस वाले बैग (गैर मर्द) के साथ चलती औरत को पकड़ कर थाने ले जाते हैं। पुलिस वाले मारेंगे और खराब करेंगे। यह तो बड़ा भला ब्राह्मण है। तू उसे अपना भाई समझ।''

दमती को दुकान से अँधेरी सड़क पर लाकर हीरामन बाहर प्रतीक्षा करते आदमी से बोला–''ले भैया, यह हमारे पड़ोस की लड़की है बेचारी। इसे छावनी में ठीक से पूछ कर इसके मर्द को सौंप देना। रास्ते में इसे कोई तकलीफ न हो, खयाल रखियो! ब्राह्मण की लड़की और गाय बराबर होती है, समझे!''

दमती अँधेरे-अँधेरे उस आदमी के साथ चलती जा रही थी। कुछ दूर जाकर वह बात करने लगा—''इस बखत, ऐसे अँधेरे में बड़ी तकलीफ कर रही है तू··· क्या बात है?'' वह कुछ दूसरी-सी बोली बोलता था। दमती ने फिर सास-ससुर के जुल्म, सिगरेट पीने पर मार कर निकाल दी जाने और छावनी में अपने मर्द के पास जाने की सीधी-सच्ची बातें बता दीं। इस आदमी ने भी दमती के सास-ससुर को गाली देकर उसे ढाढ़स बँधाया–''वाह, तेरी जैसे भली लड़की के साथ ऐसा करना था उस राँड को? तुझे तो खाने को दूध-मिठाई और पहनने-ओढ़ने को अच्छा गहना-कपड़ा मिलना चाहिए। तेरी उमर क्या गोबर ढोने और खेत निराने की है? राम राम! तेरे घाँघरी-पिछौरी कैसे फट रहे हैं। श्रीनगर के बाजार में हम तुझे धोती ले देंगे।''

''तू बेचारा क्यों ले देगा?'' दमती ने उसकी सहानुभूति का आदर कर उत्तर दिया, ''मुझे अभी धोती का क्या करना है? मेरा मर्द ले देगा। वह मेरे लिये बड़ी अच्छी रेशमी धोती लाया था। मेरी सास ने वह भी छीन ली।''

एक दिन रास्ते में पड़ाव कर अगले दिन साँझ तक वे श्रीनगर पहुँच गये। वह मर्द बाजार से होकर दमती को एक गली में बड़े से मकान में ले गया। इतना बड़ा और ऐसा मकान दमती ने पहले नहीं देखा था। आँगन भी दीवार से घिरा हुआ और आँगन की दीवार में भी किवाड़ लगे हुए। दमती लम्बे पैदल सफर से थकी हुई थी। दीवार से पीठ सटा कर बैठ गयी। वह आदमी जल्दी लौट आने को कह कर चला गया और

तुरन्त ही एक छोकरे को ले आया। ''यह छोकरा तेरे नहाने-धोने को पानी ला देगा'' वह दमती से बोला, ''मैं बाजार से दाल-चावल लिये आता हूँ।''

दमती बैठी रही। छोकरा एक गागर जल लाया फिर दूसरी गागर भर लाया। कुछ देर में ईंधन लाकर रख गया। तब उसके साथ आने वाला मर्द भी लौट आया। एक अँगोछे की पोटली में दाल, चावल, नमक, हल्दी, मिर्च वगैरा लिये था और एक दोने में घी। कागज में लिपटी एक नयी छपी हुई धोती भी थी। वह बोला···'तू नहा-धोकर नयी धोती पहन ले और रसोई बना।''

नहा-धोकर नयी धोती पहन कर उस आदमी की बताई रसोई में दमती ने दाल-भात राँधा। एक थाली उसे देकर स्वयं भी खाया। फिर चटाई पर जा लेटी। खाकर वह आदमी कुछ देर के लिए बाहर चला गया। लौटा तो आँगन के किवाड़ों में साँकल लगा चटाई पर दमती के पास जा बैठा। दमती उठकर परे हुई तो वह उसके शरीर पर हाथ रखकर बोला—''बिगड़ती क्यों है? सुन तो! अच्छा ले, सिगरेट तो पी!''

दमती ने ''हट!'' कह कर उसका हाथ झटक दिया और वहाँ से उठने लगी। आदमी ने उसका हाथ पकड़ लिया और हँसी में गाली दे कर मनाने लगा–''पी न! तू पीती तो है।''

दमती अपना हाथ छुड़ा कर दूसरी दीवार के पास चली गयी। ''कहाँ पीती हूँ मैं सिगरेट? ··मेरे आदमी ने दी थी एक पी ली थी।'' उसने बेरुखी से उत्तर दिया।

वह आदमी रास्ता रोक कर सामने खड़ा हो गया और गुस्से में गाली देकर बोला–''तेरी···इतने दिन से तुझे यों ही खिला रहा हूँ? उतार मेरी धोती!

दमती डरी नहीं, अकड़ कर बोली—''पहले मेरे कपड़े दे तो मैं तेरी धोती अभी फेंके देती हूँ। मैंने क्या तुझसे माँगी थी?'' वह औरत की जिद्द से यों परास्त होने के लिए तैयार न था। गाली देकर उस पर झपटा और अपनी दी हुई धोती जबरन छीनने लगा। दमती धोती को पकड़े अपने कपड़े माँगती हुई लड़ने के लिए तैयार हो गयी। धोती जबरदस्ती खींची जाने पर उसने आदमी के हाथों को नोचा, दाँतों से काटा, अपनी कोहनियों से मारा पर बस न चला। धोती का आधे से अधिक भाग

आदमी के हाथ में चले जाने पर रोते हुए गिड़गिड़ा कर दया की भीख माँगी लेकिन वह नहीं माना। वह बिगड़ैल औरत को सीधा कर देने पर तुला हुआ था। उसने धोती छीन ली और लज्जा से सिकुड़ती, सिमटती दमती को गाली देकर उस कोठरी के किवाड़ों को बाहर से साँकल लगा कर चला गया।

दमती बैठी रोती रही। कोठरी के घुप्प अँधेरे में दिन का कुछ अनुमान नहीं हो सका था। रोते-रोते थक गयी तो वैसे ही बैठे-बैठे सिसकियाँ लेती पछताने लगी—क्यों अनजाने परदेश चली आयी?····वहाँ चाहे मर ही जाती!····क्यों वह मरी सिगरेट पी? थकावट के मारे शरीर निढाल हो रहा था। बैठा न गया तो वैसे ही संकोच से सिकुड़ कर दीवार के सहारे लुढ़क गयी और फिर से सो गयी।

दमती की नींद खुली तो कोठरी के किवाड़ों की झिरियों से दिन की झलक की लकीरें-सी भीतर पड़ रही थीं वैसे ही लेटी-लेटी वह फिर अपनी भूल पर पछताने लगी। फिर औंघाई आ गयी। नींद टूटी तो किवाड़ों की झिरियों से बनने वाली प्रकाश की लकीरें चौड़ी और अधिक उज्ज्वल हो गयी थीं लेकिन किवाड़ नहीं खुले। वह कोठरी की कच्ची जमीन पर बनी प्रकाश की लकीरों की ओर आँखें लगाये पछताती रही। कभी आँसू बहने लगते, कभी सिसकियाँ आने लगतीं। उसे प्यास लग रही थी। पाखाने-पेशाब के लिए बाहर जाने की जरूरत थी। उठकर किवाड़ों को खटखटाया और पूरी शक्ति से भीतर खींचा पर किवाड़ न खुले। उसने समझ लिया कि वह ऐसे ही मर जाएगी। फिर रोने लगी। अब रोकर भी क्या बनना था। वह निर्जीव-सी पड़ी थी। मन में आया कि फाँसी लगाकर जान दे दे। धोती कहाँ थी जो फाँसी लगा लेती? खयाल आया कि जब गाँव से निकल पेड़ के नीचे खड़ी होकर उसने छावनी जाने की बात सोची थी, तभी पिछौरी से फाँसी क्यों न लगा ली? देखते-देखते किवाड़ों की झिरियों से जमीन पर पड़ने वाली प्रकाश की लकीरें धुँधली हो गयीं और फिर घटाटोप अँधेरा छा गया। थक कर और निराश होकर उसने आहें भरना भी छोड़ दिया और मर जाने की प्रतीक्षा करने लगी। पाखाना-पेशाब न कर सकने की असुविधा और प्यास से उसका सिर चकरा रहा था। कोठरी के अँधेरे में कभी गाँव और कभी सड़क के दृश्य उसे सिर के चारों ओर घूमते दिखाई देने लगते।

किवाड़ों की झिरियों से फिर प्रकाश आने लगा पर अब उस ओर दमती का ध्यान नहीं गया। वह अध-बेहोश सी हो रही थी। किवाड़ों के खुलने का खटका हुआ तो वह कठिनाई से सिकुड़ कर बैठ पायी। वही आदमी भीतर आया। दमती के कपड़े उसके शरीर पर फेंक कर बोला···"उठ! जा, नहा-धोकर कपड़े पहन ले!" कोठरी के किवाड़ खुले छोड़ और आँगन के किवाड़ बाहर से बन्द कर वह फिर चला गया।

करीब डेढ़ घण्टे बाद वह आदमी फिर लौटा तो दमती पानी पी कर, निबट और नहा-धोकर अपने पुराने कपड़े पहने दीवार से पीठ टिकाए, सिर को दोनों हाथों में थामे बैठी थी। उसकी तबीयत कुछ ठिकाने आ चुकी थी। वह आदमी एक अँगोछे में कुछ बाँधे और एक लोटे में दूध लिये था। अँगोछा दमती के सामने रखकर बोला—"ले तेरे लिये पूरी-तरकारी बनवा लाया हूँ। कुछ खा ले और यह दूध पी ले।"

"मुझे कुछ नहीं चाहिए।" दमती हाथ जोड़ गिड़गिड़ाई, "तू मुझे यहाँ से जाने दे!"

'अरी भूखी कैसे चलेगी? हमने तुझे क्या कहा है? तू तो यूँ ही बिगड़ने लगी है।" वह समझाने लगा—"दूकानदार ने तुझे छावनी पहुँचाने को कहा है; सो हम पहुँचा देंगे। तू कुछ खा तो ले। अकेली जाएगी तो भटक जाएगी। पुलिस वालों के हाथ पड़ गयी तो जानती है क्या होगा!···तू कुछ जानती तो है नहीं। हम पहुँचा देंगे। तू पहले खा तो ले।"

दमती भूखी तो थी ही, सामने खाना देख वह खाने लगी। आदमी कोठरी खुली छोड़कर आँगन का दरवाजा बन्द कर चला गया। कुछ देर बाद लौटा और दूर बैठ दमती को समझाने लगा—"देख पागल मत बन। औरत एक बार घर से निकली तो घर में उसके लिये जगह नहीं रहती। ब्राह्मण के घर की औरत तो मिट्टी का बर्तन है। एक बार छू गया तो फिर काम का नहीं रहा। कहीं तेरे मर्द ने मूँड़ ही काट लिया तो!··· गाँव जाएगी भी तो क्या; गोबर और ईंधन ढोयेगी। हमारे साथ देश चल। बढ़िया गहना, कपड़ा और दूध-मलाई, रबड़ी खाने को मिलेगी।"

दमती हाथ जोड़ फिर गिड़गिड़ायी—"नहीं, तू मुझ पर दया कर। मुझे यहाँ से जाने दे। मैं अपनी राह चली जाऊँगी। छावनी पहुँच जाऊँ, चाहे गाँव लौट जाऊँ।"

"अच्छा हमसे नाराज हो गई है।" उस आदमी ने समझौते के स्वर में कहा—"तो हमारे साथ न चल। एक दूसरा ब्राह्मण है, तेरी पट्टी का। वह आज शाम छावनी जा रहा है, उसी के साथ चली जाना, बस! मैं उसे बुलाये लाता हूँ।" वह फिर उठ कर चला। दमती को बाहर से किवाड़ों पर साँकल लगने की आहट फिर सुनायी दी।

दमती घबरा गयी। अब की जाने कैसे आदमी से पाला पड़े! उसने आँगन के किवाड़ों को खींच कर आजमाया। वे खुले नहीं। इधर-उधर देखा। आँगन की दीवार उसके सिर से ऊँची थी। बाँह उठाने पर भी हाथ दीवार के सिरे तक पहुँचा। आँगन के कोने में बने पाखाने की दीवार उसके सिर के बराबर ही थी। पाखाने में पिछली दीवार की तरफ नीचे झरोखे थे परन्तु बहुत छोटे। वह यहाँ से भागने को सभी कुछ करने के लिये तैयार थी परन्तु झरोखे बहुत ही छोटे थे। उसे एक उपाय सूझा। उसने पाखाने की दीवार के समीप गागर औंधा कर रख दी और उस छोटी दीवार से आँगन की दीवार पर चढ़ी और फिर कूद गयी। गली में से तेजी से चली, कुछ ही कदम पर बाजार आ गया। वह रास्ता चलने वालों से छावनी की राह पूछने लगी।

फटे कपड़ों में अकेली परेशान औरत को छावनी की राह पूछते देख लोग इकट्ठे हो गये। आदमियों को इकट्ठे होते देख कर पुलिस का आदमी भी पहुँच गया। दमती को थाने ले गया। दरोगा ने उसका नाम, गाँव और श्रीनगर आने का कारण पूछा। दमती ने फिर अपनी सच्ची-सीधी कहानी सुनाकर, सिगरेट पीने के कारण मार कर निकाल दी जाने की बात सुना दी। दारोगा कुछ मुस्कराये, बोले—"तू सिगरेट पीती है...ले!" और उन्होंने एक सिगरेट उसकी ओर बढ़ा दी।

"उँ हूँ!" दमती ने इन्कार कर दिया, "वह तो मेरे मर्द ने दी थी।"

इस बात की तलाश शुरू हो गयी कि दमती को कौन आदमी श्रीनगर लाया है और वह कहाँ बन्द रही थी। पुलिस ने दमती को बाजार में और कई गलियों में घुमाया परन्तु वह कुछ पहचान न सकी।

"मैं तो खुद ही आयी हूँ, छावनी जाऊँगी।" वह जिद्द करती रही।

घर से भागी औरत को अपनी मर्जी से जहाँ चाहे जाने नहीं दिया जा सकता था। गिरफ्तार औरत को थाने में रखना भी कायदे के खिलाफ था। उसे गारद की रखवाली में तुरन्त पौड़ी की जेल-हवालात में

भेज देना चाहिए था परन्तु सिपाही मौजूद नहीं थे और रात होने को थी। सिपाही उसे रुद्रप्रयाग से लाने वाले बदमाश का पता चलाने के लिए कई मकानों में घुमाते रहे। उसे बार-बार प्यार से सिगरेट और मिठाई दिखाई गयी। दमती क्रोध में मुँह फेर लेती। जोर-जब्र करने पर वह हाथापाई के लिए तैयार हो जाती। अगले दिन उसे दो सिपाहियों की रखवाली में पौड़ी पहुँचा दिया गया।

मजिस्ट्रेट के सामने पेश की जाने पर उसने फिर अपनी सच्ची कहानी सुना कर कहा कि वह घर नहीं लौटेगी। अपने मर्द के पास छावनी जाएगी। उसे समझाया गया कि उसे यों भाग कर नहीं जाने दिया जाएगा। वह अपने मर्द को ढूँढ़ नहीं पायेगी। सरकार बजदत को वहीं बुलवा कर, उसे उसके मर्द के हवाले कर देगी। तब तक उसे जेल की हवालात में रहना पड़ेगा।

दमती बजदत का सिपाही-नम्बर बता नहीं सकी इसलिए ज्योला पट्टी, कनार गाँव के सिपाही बजदत की तलाश करने में कुछ समय लग गया। इस बीच बजदत के बाप ने दो पोस्टकार्डों पर पूरा हाल लिखवा कर लड़के को भेज दिया था कि उसकी बहू बदचलन और आवारा हो गयी। घर से पैसा चुरा कर पट्टी से सिगरेट खरीद कर पीती है उसने घर का जेवर भी चुरा कर बेंच दिया। पास-पड़ोस में 'लसपिटाई' (कलंक का टीका) हो गयी है। अब सड़क पर किसी मुसाफिर के साथ भाग गयी है। पत्र में प्रौढ़ पिता ने युवा पुत्र को आश्वासन दिया था—तू जी छोटा मत करना। ऐसी का क्या! हम बातचीत कर रहे हैं, तू इस बार छुट्टी पर आएगा तो ब्याह कर देंगे।

बजदत को जब कचहरी का कागज मिला कि पौड़ी अदालत में आकर, अपनी बहू को पहचान कर उसकी सिपुर्दगी ले ले तो उसे अपने पिता की बात पर पूरा विश्वास हो गया।

रुद्रप्रयाग में हीरामन ने मनहर पंडित को बताया था कि एक खूब जवान अल्हड़ ब्राह्मणी सास-ससुर से परेशान होकर घर से भाग आयी है। उसकी दुकान पर बैठी है। मनहर ने दमती को हीरामन से अस्सी रुपये में खरीद लिया। उसका खयाल था कि लड़की को महीना-पन्द्रह दिन श्रीनगर में रखेगा। कुछ दिन तफरीह रहेगी। इस बीच लौंडिया दुनिया का ढंग समझ जाएगी तो उसे देश ले जाकर चार-पाँच सौ में बेंच

डालेगा। मनहर ने इस तरह जाने कितनी औरतें पार कर दी थीं परन्तु श्रीनगर में दमती की जिद्द के आगे मुँह की खाकर उसे अपनी भूल समझ में आयी। उसने समझा कि वह उतावली कर गया। लौंडिया उससे बिगड़ बैठी है। अब उसके हत्थे मुश्किल से चढ़ेगी। इस झंझट में समय बरबाद करने से कुछ लाभ न देख मनहर ने सोचा कि लड़की को श्रीनगर में ही शिवदत्त के हाथ डेढ़-दो सौ में बेंच दे।

दमती को शान्त करने के लिए उसको कपड़े और पूरी-मिठाई देकर मनहर शिवदत्त की खोज में गया था। शिवदत्त को घर न पाकर वह लौट रहा था। उसने बाजार में छावनी की राह पूछती, भागी हुई औरत के पुलिस द्वारा पकड़ कर थाने ले जाये जाने की खबर सुनी। उसका माथा ठनका। अपने अड्डे पर जाकर उसने देखा दमती गायब थी। पाखाने की दीवार के पास औंधी गागर पड़ी देख कर वह समझ गया कि दमती दीवार फाँद कर भाग गयी और अब पुलिस के हाथ में है।

मनहर अपने अस्सी रुपये यों पानी में बहा देने के लिये तैयार न था। पुलिस का उसे कोई डर नहीं था। उन्हें वह मौका पड़ने पर पटा सकता था। उसे क्रोध आया हीरामन पर। उसने समझा कि यह लौंडिया पक्की चालबाज है। पुलिस को चकमा देकर फिर हीरामन के पास जाएगी और वह इसे फिर बेचेगा। तभी वह काइयाँ इतने सस्ते दामों में मान गया था। दाँत पीस कर उसने मन में कहा—अच्छा बेटा, आपस में यह धोखा! मैं तेरी वह खबर लूँगा कि छठी का दूध याद आ जाये! देखूँ, यह औरत जाती कहाँ है? वह अनुभवी आदमी था। दमती की जिद्द की बात से उसने यह भी सोचा कि अगर वैसी होती तो इतनी हाय-हत्या क्यों करती? फिर भी देखा जाय कि हीरामन के यहाँ लौटती है या अपने आदमी के यहाँ जाती है।

मनहर ने दमती के पौड़ी भेज दिये जाने की बात सुनी तो वह भी उस पर नजर रखने के लिये पौड़ी पहुँचा। जिस रोज बजदत और दमती अदालत के सामने पेश किये गये, मनहर अदालत में मौजूद था। दोनों को एक-दूसरे को पहचानते देख मनहर को कुछ विस्मय हुआ। मामले को अन्त तक देखने के लिए वह धैर्य से प्रतीक्षा करता रहा। बजदत ने अदालत में दमती को अपनी बहू तो मान लिया परन्तु जब अदालत ने

हुकुम दिया कि औरत बजदत को सौंप दी जाय तो उसने दमती को ले जाने से इन्कार कर दिया। उसने कहा कि घर से भागी हुई, बदचलन औरत को वह नहीं ले जाएगा।

दमती ने सुना तो एक गहरी साँस ले, दोनों हाथों से सिर थाम बजदत की ओर देखती रह गयी। उसका सिर चकरा गया, आँखें मुँद गयीं और धरती पर बैठ गयी। दमती ने सिर उठा कर देखा, बजदत कहीं दिखाई न दिया।

अब सरकार भी दमती को जेल में जगह देने के लिये तैयार न थी। बजदत की भागी हुई औरत को बजदत की सम्पत्ति मान कर उसे सौंप देना सरकार का काम था। जब बजदत ने स्त्री पर से अपना अधिकार हटा लिया तो सरकार को भी दमती से कोई मतलब नहीं रहा। मजिस्ट्रेट ने दया कर दमती को सुझाया कि अगर वह चाहे तो अपने मर्द से अपना खर्च माँग सकती है। दमती ने इन्कार में सिर हिला दिया। दमती को हुकुम हुआ—अब उसे इजाजत है, जहाँ चाहे, चली जाय! दमती की आँखों के आगे अँधेरा था परन्तु उसे अदालत से बाहर निकलना ही पड़ा।

मनहर पंडित यह सब कांड देख रहा था। दमती पथराई हुई आँखों और अनिश्चित कदमों से अदालत से बाहर निकल ही रही थी। उसके सामने प्रश्न था कि अब वह जाय कहाँ? दमती ने सुना—"कहो, कहाँ चली गई थी तू?"

दमती ने घूम कर देखा और मनहर को पहचान कर चुप रही।

मनहर आश्वासन के स्वर में बोला—"तू यों ही बुरा मान गयी। हम तुझे परेशान थोड़े ही करना चाहते थे। तुझे ढूँढ़ते-ढूँढ़ते यहाँ तक आये। हमने तो पहले ही कह दिया था कि अब मायके-ससुराल में तेरे लिये जगह नहीं। तुझे परेशान होने की जरूरत क्या! चल तेरा अपना घर है।"

दमती ने क्षण भर सोचा और फिर मनहर के साथ-साथ चल दी। मनहर उसे बाजार की एक गली के मकान में ले गया और बैठने के लिए आदर से चटाई दी। दमती दीवार से पीठ सटाकर सिर झुकाये हुए चुपचाप बैठ गयी।

"बहुत थक गयी है तू! ले, एक सिगरेट तो पी, जरा जी हल्का हो जाएगा।" मनहर डिबिया से सिगरेट निकाल दमती के हाथ में थमाते हुए बोला।

दमती सिर झुकाये रही पर सिगरेट थाम ली। उसकी आँखों से आँसू टपक पड़े। सोचा, अब किसके दम पर, किसके लिए इनकार करें?

●

फूल की चोरी

इस वर्ष जिस बंगले में ठहरा हूँ, उसके केवल ऊपर के भाग में ही मेरा फैलाव है। इसका यह मतलब नहीं कि मुझे घुटने मोड़ कर गुजारा करना पड़ता है। एक बड़े कमरे में तो मैं केवल मैले हो गये कपड़े ही रखता हूँ। दूसरे में ऐसे कपड़े जिन्हें अभी व्यवहार में लाना है। यह बात भी नहीं कि इस पहाड़ी नगर में जगह की कमी न हो, या मकान बेकार पड़े हों, यह केवल मुझे यहाँ बुलाने वाले मित्रों का सौजन्य है। मकान मुझे सभी तरह से बहुत पसन्द हैं। सामने दूर तक फैली पहाड़ियों का दृश्य, घने पेड़ों में फूलों से घिरे, सुथरे दिखाई देने वाले मकानों का पड़ोस; भीतर से वे मकान शायद ही सुथरे हों? फूल खूब हैं क्योंकि इस जलवायु में सुन्दर फूल आसानी से प्रचुर मात्रा में हो जाते हैं। इस बंगले के सामने भी कुछ अच्छे गुलाब, चमेली, डेलिया, ग्लैडियोली और आस्टर के फूल हैं। फूल नीचे जमीन पर हैं। मैं दुमंजिले पर हूँ। उन फूलों पर मेरा कोई अधिकार नहीं। उन पर नीचे के किरायेदारों का ही अधिकार है। मैं इन फूलों को देख भर पाता हूँ। फूलों का और उपयोग ही क्या है? हाँ, एक और भी उपयोग फूलों का है और वही बात कहना चाहता हूँ।

नीचे की मंजिल में दो भद्र महिलाएँ रहती हैं। मुझे इस मकान में दो मास से अधिक बीत गये हैं। कभी एक भी बात कुशल-मंगल की, जिज्ञासा या कामना की हम पड़ोसियों में नहीं हुई क्योंकि वे दोनों सम्मानित और सच्चरित्र हैं और मैं भी कम सम्मानित और सच्चरित्र नहीं हूँ। इस बीच मुझे दो तीन बार शीघ्र खराब हो जाने वाले फल और दूसरे खाद्य-पदार्थों की भेंट सहृदय लोगों ने भेजी है। इन भेंटों का अधिकांश मुझे दूर रहने वाले स्थानीय मित्रों में बाँट देना पड़ा। अकेले पूरी वस्तु का उपयोग किया नहीं जा सकता था लेकिन इसी मकान में रहने वाली भद्र महिलाओं को मैंने इन भेंटों का कोई अंश नहीं दिया। गैर पुरुषों से बात करना उनके सम्मान और सच्चरित्रता को शोभा नहीं देता। मैं स्वयं भी इस प्रकार के व्यवहार के लिए कोई संकेत नहीं कर सकता।

कुछ ही दिन पहले अन्य परिवारों की अथवा अपरिचित स्त्रियों से व्यवहार के सम्बन्ध में एक सच्चरित्र व्यक्ति ने यह परामर्श दिया था कि हमें सभी स्त्रियों को अपनी बहिन समझ लेना चाहिए। उससे कह दिया था कि मुझे दुनिया भर का साला बनने का कोई शौक नहीं। हमारे देश में साला कहलाना गाली और बहनोई कहलाना आदर सूचक। तभी से इस देश में लड़कियों को जन्मते ही गले में अँगूठा देकर मार दिया जाता था। यों हमारी संस्कृति में स्त्रियों को देवी कहा गया है और उपदेश है कि जहाँ नारियों की पूजा होती है, वहाँ देवता रमण करते हैं। सवाल यह है कि किसी स्त्री को बहिन बनाये बिना, क्या उसके प्रति शिष्ट व्यवहार कर सकना असम्भव है? खैर…।

सच्चरित्रता निबाहते-निबाहते एक दिन अभद्रता हो ही गयी। उस घटना का कारण यह फूल ही थे। मैं सुबह उठ कर बरामदे में बैठ जाता हूँ। दूसरी मंजिल के बरामदे में दूर तक का दृश्य और नीचे ताजे खिले फूल दिखाई देते रहते हैं। सामने 'सिलवर ओक' के सदाबहार पेड़ों पर गुलाब के छोटे फूलों की बेलें चढ़कर शाखों से लिपट गयी हैं। कल ही से गुलाब का एक गुच्छा मेरे बैठने की जगह के ठीक सामने खिल गया है। वह गुच्छा सुबह ओस से भीगा हुआ बहुत ही सुन्दर लग रहा था; जैसे पलने में किलकता हुआ बच्चा।

नीचे की मंजिल में रहने वाली भद्र महिलाएँ पूजा भी करती हैं। नित्य प्रातः मैं उन्हें कुछ मंत्र या भजन गुनगुनाते हुए, पूजा के लिए

अपने हाथ से फूल चुनते देखता हूँ। भगवान् के प्रति आदर से या भगवान् की प्रसन्नता के विचार से बढ़िया से बढ़िया फूल पूजा के नैवेद्य में रखना उचित है। भद्र महिला ने कुछ ताजे फूल चुन कर गुलाब के गुच्छे की ओर हाथ बढ़ाया।

"इसे रहने दीजिए!" सहसा मेरे मुँह से निकल गया। मैं उन फूलों को संतोष की बेखबरी में देख रहा था। सदाचार की सावधानी जागरित नहीं थी।

उन्होंने दृष्टि ऊपर बरामदे की ओर की। भवें सिकुड़ गयी थीं और त्योरियाँ चढ़ गयी थीं—"पूजा के लिए है!"

"होगा; ···भगवान् कौन बच्चा है जो फूलों से बहलेगा।" कहना ही पड़ा क्योंकि बात शुरू हो गयी थी।

भद्र महिला होंठ सिकोड़ अपने सम्मान की रक्षा के लिए मेरी दृष्टि के सामने से हट गयी। खयाल आया, तुम दूसरों के फूलों के सम्बन्ध में बोलने वाले कौन हो? पराई सम्पत्ति को तो मिट्टी समझना चाहिए और एक अपरिचित भद्र युवती से उसकी वस्तु के सम्बन्ध में बात करना! खैर, अब तो हो ही चुका था।

बरामदे में बैठा सुन्दर दृश्य के साथ ही एक और भी चीज देखा करता हूँ। इसी समय एक छोटी सी लड़की, लगभग छः-सात वर्ष की, हाथ में छोटा सा छींका लिए, दबे पाँव दुबकती हुई आयी; चौकन्नी ठीक वैसे ही जैसे गृहिणी के रसोई में रहते समय बिल्ली बरतन-भांडों के पीछे दुबक-दुबक कर, गृहिणी की ओर नजरें लगाये दबे पाँव चलती है। बँगले की फुलवाड़ी में कदम रख कर वह लड़की पहले बेला की घनी झाड़ी के पीछे से गर्दन बढ़ा कर देखती है कि भद्र महिलाएँ बरामदे से या दरवाजे से देख तो नहीं रही! अवसर देख कर वह पंजों पर दो कदम लपक कर डेलिया के पौधे के पीछे हो जाती हैं। इसी तरह वह फुलवाड़ी के दूसरे छोर तक जा पहुँचती है। उसकी गतिविधि बहुत पक्के, चतुर चोर की तरह होती है, जो उसके छोटे शरीर और भोले, चेहरे पर मनोरंजक जान पड़ती है। वह जानती है कि चोरी करती पकड़ी जाने पर उसे डाँट व गालियाँ मिल सकती हैं। मैं ऊपर बरामदे से उसे देख कर मुस्कराता रहता हूँ। कद छोटा होने के कारण वह मुझे बंगले के ऊपर से देख नहीं पाती।

वह लड़की सम्भवतः इस बँगले के दायीं ओर, बहुत समीप बाजार के दुमंजिले-तिमंजिले मकानों की किसी कोठरी से आती है। इन मकानों की प्रत्येक मंजिल की कोठरियों में कई-कई परिवार भरे हुए हैं। उन मकानों में फूल-फुलवाड़ी का अवसर कहाँ? लेकिन भगवान की पूजा के लिये फूल तो चाहिये ही। शायद लड़की की माँ या बाप नियम से पूजा करते हैं। अपनी पूजा के लिए भगवान् ने उन्हें कोई सुविधा नहीं दी है। इस बच्ची को भगवान् की पूजा के लिए नित्य चोरी करनी पड़ती है। इस चोरी का पाप अधिक बेझिल होगा या पूजा का पुण्य? घट-घट व्यापी भगवान् तो अपनी पूजा के लिए इस बच्ची का जोखिम उठाना और चोरी करना दोनों ही देखते हैं। इस बच्ची की घबराहट और चौकसी देखकर जान पड़ता है कि इस फुलवाड़ी से फूल तोड़ कर ले जाना इसके लिए उतना ही शंकास्पद है जितना कि हनुमान जी के लिए लंका की अशोक बाटिका में चोरी से छिप कर जाना और सीताजी के सामने राम की अँगूठी फेंक देना था।

भगवान् की भक्त-वत्सलता की अनेक कहानियाँ सुनी हैं। वैसी घटना देखने का कोई अवसर नहीं हुआ। इस भक्तिन की भावना क्या भगवान् नहीं जानते? उन्हीं के चरणों में अर्पण करने के लिए दो फूल पाने का भी अवसर इसे नहीं! भगवान् पूजा की आशा तो सबसे रखते हैं परन्तु पूजा के साधन और अवसर किसी-किसी को ही देते हैं। भक्त लोग कहते हैं कि भगवान् हाथी से यदि मन भर की आशा रखते हैं तो चींटी से कण भर पाकर ही तृप्त हो जाते हैं परन्तु करोड़ों इन्सान तो ऐसे हैं जो कण भर अर्पण करने का भी अवसर नहीं पा सकते। भगवान् यदि भावना से ही प्रसन्न हो जाते हैं तो बिड़ला जैसे लोग क्या मूर्ख हैं जो भगवान् के प्रति अपनी श्रद्धा प्रकट करने के लिए पचास लाख रुपये खर्च करके मन्दिर बनवाते हैं? क्या उनका भगवान् के प्रति ऐसी भक्ति दिखाना मूर्खता ही है? बिड़ला और बिड़ला समाज के लोग यदि इतने ही मूर्ख होते तो इस संसार के शासन की बागडोर उनके हाथ में नहीं, भावना से भगवान् का भजन करने वाले साधनहीनों के हाथ में होती।

खैर, इस फूल चुनने वाली लड़की की बात? यह बहुत बेदर्दी से फूल तोड़ती है क्योंकि इसे फुलवाड़ी के बेरौनक हो जाने की कोई चिन्ता नहीं। फूल चुनने का कायदा यह है कि जिस डाल में तीन फूल हों, एक

ले लीजिए। खास तौर पर चोटी का फूल या बैठने की जगह से दिखाई देने वाले फूल नहीं चुनने चाहिए लेकिन इस लड़की की फुलवाड़ी से कोई ममता नहीं। इसे पूजा के लिए फूल चाहिए। फुलवाड़ी कल उजड़ती हो, आज उजड़ जाये। यह भोली लड़की अकाल से लाभ उठाने वाले धाड़ेमार व्यापारी की तरह क्रूर है। चोरबाजारी से मुनाफा उठाने वाला व्यापारी और व्यवसायी भी यह सोचता है कि समाज कल मरता है तो आज मरे; उसे मुनाफा कमाने का ऐसा अवसर कहाँ मिलेगा। खयाल आया, समाज की आर्थिक व्यवस्था को केवल अपना मुनाफा कमा सकने के अवसर और अधिकार की दृष्टि से देखने वाले व्यवसायी क्या इस लड़की की अपेक्षा अधिक समझदार हैं? यदि भद्र महिलाएँ इस लड़की को फूलों की चोरी करते पकड़ लें तो उसके कान जरूर उमेठे जाएँगे। दो-चार थप्पड़ भी लग सकते हैं। मजा यह है कि समाज को उजाड़ने वाले व्यापारी और व्यवसायी को ऐसा कोई भय नहीं क्योंकि समाज की फुलवाड़ी में चोरों को पकड़ने और उनके कान उमेठने का अधिकार इन लोगों ने अपने हाथ में कर लिया है।

इस लड़की की फूलों की चोरी पकड़ी जाने पर इसके पिटने की आशंका से मुझे दुख होता है इसलिए मैं इसकी चोरी पर हो-हल्ला न मचा कर मूक सहयोग देता हूँ। चोरी में इस प्रकार सहयोग देना अनैतिकता है। इस अनैतिकता के लिए मैं लज्जा अनुभव नहीं करता। कुछ ऐसे अनैतिक काम हैं जिनके लिए चुप रहना भद्रता समझ लिया गया है। उदाहरणतः सरकार को दिये जाने वाले करों में चोरी कर लेने पर आपको कोई चोर नहीं समझता या आप ऐसे चोरों के विरुद्ध कोई चेतावनी नहीं देते। मैं भी इस लड़की की फूल की चोरी के विरुद्ध चेतावनी की पुकार उठाने के बजाय सहानुभूति से आशंका ही अनुभव करता हूँ कि कहीं यह पकड़ी न जाय! इसकी चोरी मेरे लिये मन बहलाव का साधन है परन्तु इसकी चोरी कब तक नहीं पकड़ी जाएगी।

खयाल आया, क्या इसकी फूल की चोरी में मूक सहयोग देना उचित है? चोरी क्या है? आवश्यक पदार्थों को प्राप्त करने का अनुचित ढंग ही चोरी है। आज यह केवल फूल चुराती है। बँगले के छोटे बगीचे में पेड़ भी हैं। अभी उनमें फलों के छोटे-छोटे दाने आ रहे हैं। कुछ दिन बाद यह फल गदरा जाएँगे। उस समय यह लड़की चटनी बनाने के लिये

इन फलों को चुराएगी। आज इसे पूजा के लिए फूलों की आवश्यकता है, कल चटनी के लिए अनारदाने और अलूचे की आवश्यकता होगी। अनारदाना या दो अलूचे पैसे-दो-पैसे में बाजार से खरीदने जाने का प्रश्न होगा और यह स्वाभाविक विचार भी होगा कि दो-दो करके जो पैसे बचेंगे, उनसे वह चूड़ियाँ खरीद सकेगी या एक धोती, जिसकी उसे बहुत जरूरत होगी। जरूर जरूरत होगी, उसका रंग और चेहरा साफ और प्यारा होने पर भी कपड़े मैले और पुराने रहते हैं।

फूल और फल चुराने की आवश्यकता से चोरी के प्रति उसका संकोच दूर हो जाएगा। कभी आवश्यकता से पीड़ित होने पर और साहस बढ़ने पर वह कपड़े या जेवरों पर भी हाथ साफ कर सकेगी। उस अवस्था में दूसरे लोग और शासन व्यवस्था मुसकरा कर इसे माफ नहीं कर देंगे।

इसे हथकड़ी पहना कर न्याय के लिए अदालत में खड़े होना पड़ेगा। इसके उस भावी दुर्भाग्य का आरम्भ आज फूल की चोरी से हो रहा है। भगवान् को पूजा से सन्तुष्ट करने के लिए फूल की चोरी से परन्तु तब क्या भगवान् यह सोचेंगे कि चोरी के प्रति इसकी प्रवृत्ति किस कारण से, किस अवस्था में हुई थी? इस बेचारी से और इसके माँ-बाप से पूजा की आशा कर भगवान् ने इन्हें पूजा के लिये फूल नहीं दिए हैं। ····भगवान्, तुम भलाई की आशा तो सभी से करते हों परन्तु भले बनने का अवसर कितने कम लोगों को देते हो!

●

अनुभव की पुस्तक

परिचय प्रायः काम देता है परन्तु कभी पहिचाने न जाने से ही सुविधा हो जाती है। अलमोड़ा से लोहाघाट जा रहा था। यहाँ सफर के दो ही तरीके हैं, पैदल चलो या घोड़े पर। असील और शकील जानवर सस्ते किराये में मिल गया इसलिए सवारी कर ली थी। कपड़े मैले न जान पड़ें इसलिए सफर में प्रायः खाकी कमीज, पतलून और धूप से बचाव के लिये हैट पहनता हूँ।

सड़क पर गनचौकी की दुकानों से एक मील आगे बढ़ गया था। चढ़ाई कड़ी है और बार-बार मोड़ आते हैं। एक मोड़ पर से घूमा तो सड़क किनारे घने पाँगर की ठंडी छाँव दिखायी दी। छाँव में ढलती आयु की एक प्रौढ़ा और उससे हाथ भर परे उसी आयु का एक मर्द भी जमीन पर बैठे दिखाई दिये। जान पड़ता था, दोनों राह चलते-चलते ठंडी छाँव देख कर विश्राम के लिए बैठ गये हैं और बतिया रहे हैं।

मेरी सवारी के घोड़े की टाप सुन कर प्रौढ़ा ने आँखों को धूप से बचाने के लिए हाथ से भवों पर छाँव कर मेरी ओर देखा और जैसे पहचान कर तुरन्त उठ खड़ी हुई। जमीन पर ही बैठ जाने से उसके लँहगे

पर सूखी पत्तियाँ और घास चिपक गयी थी, उन्हें झाड़ कर सड़क पर आगे बढ़ आयी। उससे दो कदम पीछे-पीछे उसके समीप बैठा मर्द भी था। इन लोगों को अपनी ओर बढ़ते देख कर घोड़ा रोक लिया।

"जंट शैब छी महाराज (क्या महाराज मजिस्ट्रेट साहब हैं?)?" बुढ़िया ने दोनों हाथ नमस्कार के लिये उठा लिये।

"ऊँ हूँ," सिर हिलाकर मैंने इन्कार किया और अलमोड़ियों की पहाड़ी बोली में पूछा, "क्यों? क्या जंट साहब जाने वाले हैं?"

बुढ़िया ने एक लम्बा साँस छोड़ा मानो सिर पर आ पहुँची विपदा टल गयी हो और उसने जंट साहब से बात करने के लिये फेफड़ों में संचय किये साहस को अभी अनावश्यक बोझ समझ कर उससे छुट्टी पा ली हो। प्रौढ़ा ने घूम कर सान्त्वना से अपने साथी की ओर देखा और दोनों हाथ शिथिलता से अपनी कमर टिका कर अपनी भाषा में मुझे सम्बोधन किया—"तो आप फिर कौन हैं!···हैं तो कोई बड़े ही आदमी!"

"यह तो शहर के बड़े वकील होंगे!" मेरे कुछ उत्तर दे सकने से पहिले ही उसके साथी प्रौढ़ ने अपना अनुमान प्रकट कर दिया।

"अच्छा!" प्रौढ़ा ने ठोढ़ी पर उँगली रख, फिर घूमकर अपने साथी की ओर देखा और बोली, "तो फिर ऐसे बड़े आदमी हो तो मुसीबत में कुछ मदद कर सकते हैं···क्यों भाई? ···नहीं क्या?"

"हाँ, और क्या!" उसके साथी ने विज्ञता से समर्थन किया।

"क्यों, क्या हो गया?" मैंने सहानुभूति से पूछा।

"कुछ नहीं हो गया महाराज!" गहरी साँस लेकर कुछ न छिपाने के भाव से दोनों हाथ पसार कर प्रौढ़ा ने उत्तर दिया, "होना क्या था? ···कुछ भी नहीं हो गया और फिर हो ही गया समझो!···अरे, यही जो होता रहता है।···होता तो रहता ही है। लोग तो बात का बतंगड़ बना देते हैं। अब क्या है?···वैसे हुआ तो कुछ भी नहीं, पागलपन है और क्या!"

"क्यों, क्या परेशानी है?" प्रौढ़ा के संकोच और झिझक के कारण कौतूहल से मैंने अपना प्रश्न दोहराया।

"अरे महाराज, परेशानी क्या?" प्रौढ़ा ने भारी उत्तरदायित्व से उत्तर दिया, "परेशानी की बात क्या थी, पर परेशानी हो ही गयी न?··· बात तो कुछ भी नहीं थी, पर बात बन ही गयी! मोती ढोलिया की बहू है न, उसे बहादुर ढोलिया अपने यहाँ ले गया। इतनी सी बात थी। उसकी रपट हो गयी। अब कटेगी न सारे गाँव की नाक!···फजीहत के सिवाय क्या होगा? झगड़े में सब लोग बँधे-बँधे फिरेंगे।"

दोनों हाथ उठा कर प्रौढ़ा ने समझाया—"बात तो सरकार इतनी सी ही है पर यह काम क्या इस तरह होते हैं? महाराज होता तो यही है···कहाँ नहीं होता? राजमहल से लेकर झोपड़ी तक में यही होता है परन्तु महाराज, सब बातों का एक ढंग तो होना चाहिए न!···सभी यह करते हैं।···किसने नहीं किया?···क्या अपने वक्त में हमने नहीं किया? पर एक ढंग होता है न!" प्रौढ़ा विश्वास से मेरी आँखों में देखती हुई कहती गयी, "महाराज, मर्द का क्या है? वह तो भौंरा है, भौंरा उड़ता ही फिरता है! औरत ही है जो फूल की तरह खुली-खुली बैठी रहती है और उसे बुलाती है। महाराज, भौंरा खुला-खिला फूल देखेगा तो आएगा ही। उसका क्या बस? यह ढंग तो औरत को आना चाहिए कि कैसे और क्या करना है! महाराज, इतनी उमर हो गयी, क्या नहीं किया?···क्या नहीं देखा? पर यह ढंग होता है औरत का कि सब हो जाय और किसी को कानों-कान खबर भी न हो!

"अब देखो न इन लोगों का फूहड़पन!···गाँव भर की फजीहत होगी कि नहीं? आदमी कोई जानवर तो है नहीं कि सींग दिखाकर या गुर्रा कर डरा देगा? आदमी को तो आदमी के लिए जगह छोड़कर चलना पड़ता है न महाराज!···अब देखो, एक की हेंकड़ी और फूहड़पन और सबकी फजीहत! देखा, उस मोती ढोलिया का पागलपन! ···पागलपन नहीं तो और क्या है?···लड़काई की उमर है न? भले आदमी तुझे बावड़ी का पानी मीठा लगता है तो अंजली भर-भर कर ढंग से पानी पी कि बावड़ी को ही पल्ले में बाँध कर ले जाएगा? उसमें न बावड़ी की शोभा, न तेरी अपनी!"

प्रौढ़ा दोनों हाथों से माथा ठोंक कर निराशा से बोली—"क्या कहना महाराज, कुछ कहते नहीं बनता और कहे बिना भी नहीं बनता। गाँव भर की बात है न!" प्रौढ़ा ने फिर गहरी साँस ली, "पागलपन है और

क्या? पर जो पागलपन करे उसे तो पागल समझ कर छोड़ देना ही ठीक है। आज नहीं तो कल ठोकर खाकर समझेगा!···पर जंट साहिब की रपट मिली है तो वह गाँव की फजीहत करेंगे ही!···यही तो उनका काम है। अफसर तो मौका ढूँढ़ते हैं। इसी के लिए शहर से चल कर इतनी दूर आएँगे। महाराज, सरकारी नौकर तो मक्खी है, मक्खी! गंदगी को ढूँढ़ कर उसी पर बैठता है। मक्खी को गन्दगी न मिले तो मर जाये बेचारी! यही बात महाराज सरकारी अफसर की समझना, नहीं तो भले आदमी का यह ढंग थोड़े ही है! भला तो वह है कि दूसरे का बदन उघड़ता देखे तो अपने पल्ले से ढाँक दे···और क्या? पर अफसर तो उँगली फँसाने के लिए छेद ढूँढ़ते हैं। कोई उन्हें खुद ही छेद दिखाये तो···।''

प्रौढ़ा की बात से आरम्भ में हँसी की एक गुदगुदी मन में उठी थी। तब अपना कौतूहल पूरा कर सकने के लिये होंठ दबा कर अफसराना गम्भीरता से हँसी को छिपा लिया था। उसकी बात पूरी होने पर अपने दिल में उठी हँसी की गुदगुदी के प्रति लज्जा और ग्लानि अनुभव होने लगी। प्रौढ़ा ने भलमनसाहत की कसौटी ही ऐसी रख दी थी कि किसी की लज्जा और असुविधा पर हँसते संकोच हुआ।

प्रौढ़ा के प्रति सहानुभूति प्रकट कर, घोड़े की ऐड़ लगाकर आगे बढ़ गया और सोचने लगा--समाज शास्त्रियों ने लिखा है कि 'सरकार एक अनिवार्य व्याधि है (Government is a necessary evil)। इस सत्य की इस प्रौढ़ा से अधिक कौन 'समाजवादी' या 'अराजवादी (Anarchist), अनुभव करेगा?···समाजवादी और अराजवादी केवल छपी हुई पुस्तकें पढ़ते हैं और यह प्रौढ़ा अनुभव की पुस्तक···!

•

पाँव तले की डाल

ब्रजनन्दन लखनऊ से वकालत पास करके अपने जिले में प्रेक्टिस करने लगा था! पिता की जमी-जमाई प्रेक्टिस थी। नन्दन ने उसे सम्भाल लिया। वह लखनऊ जाता तो निश्चित रूप से पुराने सहपाठी डॉक्टर बिहारीलाल माथुर के यहाँ ही ठहरता। युनिवर्सिटी सहपाठी तो वे केवल दो ही वर्ष रहे थे। लखनऊ में दोनों अलग-अलग अर्थात् बिहारी डॉक्टरी के कॉलेज में था और ब्रजनन्दन युनिवर्सिटी में वकालत की पढ़ाई कर रहा था, तब भी दोनों की गहरी जमती थी। अब तो दोनों मिलते तो वही 'तबे-तबे' और 'तू-तड़ाक' से बात होती। लड़कपन में किये अनेक सुकर्मों और कुकर्मों को याद कर खूब जोर से 'हो हो' कर हँसते। इस बीच घट गयी कोई और घटना या विनोद की रहस्यपूर्ण बात याद आ जाती तो वह भी आपस में सुना डालते। पर्दा या संकोच उन दोनों के बीच अभी तक नहीं आया था।

उस बार ब्रजनन्दन अपने शहर के मित्र और बड़े ठेकेदार मुवक्किल नित्तन बाबू के अदालती काम से लखनऊ गया तो होटल में ठहरा। नित्तन से कुछ दिन पहले ही बात पक्की हो चुकी थी–अब की रहेगी! नित्तन ने ब्रजनन्दन का हाथ दबा कर विश्वास दिलाया था।

नित्तन से ब्रजनन्दन की मित्रता पिछले ही बरस नैनीताल की ब्रिज पार्टियों में हुई थी। एक ही जिले के होकर भी वे पुराने परिचित और सहपाठी नहीं थे। नित्तन की जिले के देहात में जमींदारी है। वह इलाहाबाद में पढ़ा था। नित्तन ने ब्रजनन्दन के लिए होटल में पहले से ही एक कमरा ठीक कर लिया था। वह कमरा होटल के दाहिने पंखे में, दूसरी मंजिल पर एक ओर था। दूसरे मुसाफिरों के इधर आने-जाने और दखल देने की सम्भावना नहीं थी।

ब्रजनन्दन संध्या समय बाजार से लौटा तो सीढ़ियाँ चढ़ते समय चाल में उचक-सी थी। उमंग और उत्साह उमड़ कर उसके होंठों से सीटी के रूप में निकल रहे थे। वह कोई लय गुनगुना रहा था। दरवाजे के सामने पहुँचने से पहिले ही हाथों ने पतलून की जेब से ताले की चाबी निकाल ली। कमरा खोल कर बाजार से खरीदे सामान का बंडल बगल में दबाये ही उसने बटन दबा, बिजली जला कर कलाई की घड़ी पर नजर डाली। अपनी समय पाबन्दी की तारीफ में उसके मुँह से निकल गया–"साढ़े आठ!···राइट! बिहारी ने साढ़े आठ तक पहुँचने के लिए कहा था।'

'खट खट!' दरवाजे पर लटके हुए भारी पर्दे के पीछे से किवाड़ों पर उँगली की ठोकर की धीमी आहट सुनायी दी।

"ओ गुड! जस्ट इन टाइम! कम इन (वाह, कैसे ठीक टाइम पर आये) डाक्टर!" ब्रजनन्दन ने आह्लाद से पुकारा और बगल में दबा बंडल पलंगपोश, से ढँके बिस्तर पर पटक वह प्रत्याशित मित्र से लिपट जाने के लिए दरवाजे की ओर लपका।

पर्दे के पीछे से प्रकट हुआ होटल का बैरा। ब्रजनन्दन ठिठक गया और प्रश्नात्मक दृष्टि से बैरे की ओर देखा।

बैरे ने साहब की झेंप को एक हल्के सलाम से ढक कर, हाथ में थमी बाँस की टोकरी से एक मोहरबन्द बोतल निकाली और कोने की मेज पर रख दी। बोतल की रसीद को बचे हुए दामों के नीचे दबा लिया।

"हुजूर, कुछ और आएगा?" बैरे ने हुक्म माँगा।

"हूँ" विचार के लिए ब्रजनन्दन ने होंठ काटा, "हाँ, सोडा गिलास··· दो गिलास और दो सोडा।" आँख झपक ब्रजनन्दन ने कुछ सोचा और प्रश्न किया, "हमारे लिये किसी साहब ने फोन किया था?"

"हुजूर, अभी तक तो कोई फोन नहीं आया।"

"फोन आये तो खबर देना। अभी दो सोडा लाओ!"

"हुजूर, खाना किस वक्त लेंगे?"

"हम बता देंगे। तुम जरा नजदीक रहना।"

"हुजूर, बहुत अच्छा! हुजूर घंटी बजाएँगे तो मैं फौरन सलाम करूँगा।"

बैरा सलाम कर बाहर चला गया तो ब्रजनन्दन ने मेज पर से बोतल उठाकर उसका लेबल देखा और होंठ सिकोड़ लिये। बोतल को मेज पर रख दिया। वह पलंग पर पड़े बंडल की ओर घूमा। बंडल में से एक खूब उजली बोतल निकालकर इस बोतल के लेबल को शौक से देखा और पहली बोतल के समीप ही मेज पर टिका दिया। बण्डल की शेष चीजों को वह बायीं दीवार के साथ खड़ी आलमारी में सहेजने लगा। आलमारी के पल्ले मूँदते-मूँदते ठिठका और पल्ले फिर खोलकर सामान में से चमड़े के केस में बन्द पिस्तौल निकाल लिया और आलमारी को बन्द कर दिया।

ब्रजनन्दन ने बिजली की बत्ती के नीचे आ, मुख से धीमी सीटी देते हुए केस में से पिस्तौल निकाला और ध्यान से देखने के लिए ऊपर उठाया। उसी समय बाहर बरामदे में दरवाजे के सामने कदमों की आहट हुई।

"बस?" पिस्तौल थामे हाथ को नीचे कर ब्रजनन्दन ने पूछा—"कौन?"

"कौन!" उत्तर में प्रश्न को दोहराकर पर्दे को झटके से हटाते हुए, अचकन-पायजामा पहने डॉक्टर बिहारी मुस्कराता हुआ भीतर आ गया–"हम हैं, और कौन!"

ब्रजनन्दन पिस्तौल पलंग पर पटक कर बिहारी से लिपट गया और फिर क्रोध दिखाया—"बड़ा मिजाज हो गया है साले!…बड़ा भारी डॉक्टर बन गया है! एक शाम के लिए हम लखनऊ आये हैं और जनाब फर्माते हैं, हमारा डिनर के लिए प्रीवियस अपाइंटमेंट है!"

बिहारी ने कमर अकड़ा कर, दोनों हाथ अचकन की जेबों में धँसाते हुए जवाब दिया–"साले, मिजाज हो गया है तुम्हारा!…होटल में ठहरते

हैं···इतने बड़े साहब बन गये! घर पर क्यों नहीं आये?'' क्रोध प्रकट करने के लिए डाक्टर ने त्योरियाँ चढ़ा कर पूछा।

''निरे पोंगे हो तुम! फोन पर तुमसे कहा तो था, खास बात है!'' ब्रजनन्दन ने मुस्कराकर डॉक्टर का हाथ अपने हाथों में दबा लिया।

''ऐसी कौन बात है जो होटल में होगी, घर पर नहीं हो सकती?'' डॉक्टर ने सन्देह प्रकट किया।

''अबे बताएँगे, उतावले क्यों हो रहो हो! साँस लो ···बैठो तो!'' उसने डॉक्टर को दोनों बाँहों से पकड़कर दीवार के साथ लगी सोफा कुर्सी पर बैठा दिया।

''हैं! 'दो-दो!'' मेज की ओर दृष्टि जाने पर डॉक्टर ने बोतलों की ओर संकेत कर अत्यन्त विस्मय प्रकट किया—''यह क्या हरकतें हैं बेटा?···यह क्या तैयारियाँ हैं?''

दूसरी हल्की कुर्सी डाक्टर के सामने खींच कर उस पर बैठते हुए ब्रजनन्दन ने उत्तर दिया—''अरे कुछ नहीं। कचहरी से लौट कर जब तुम्हें फोन किया था तो बाहर जाने से पहले बैरे को एक बोतल लाकर रखने के लिए कह गया था। नित्तन के साथ यह पिस्तौल खरीदने गया था,'' ब्रजनन्दन ने बिस्तर पर झुक पिस्तौल उठाकर डॉक्टर के सामने कर दिया और कहता गया—''उससे कहा, तुम्हारे यहाँ लखनऊ आये हैं, एक स्काच दिलवाओ। हमारे यहाँ तो भैया यह सब सपना है, एक लेते जायँ। भैया, उसका तो बहुत रसूख है। साले ने झट दिला दी। अब तुम्हारे लिये दोनों हाजिर हैं।''

''साले, तुम नित्तन के साथ स्काच ढूँढ़ने के लिए बाजार घूम सकते थे, हमारे यहाँ नहीं आ सकते थे?···हटो, हम तुमसे बात करना नहीं माँगता। कमबख्त, हम तो तेरे लिये दावत छोड़ कर आये हैं। उस बेचरे ने सात दिन पहले से कह रक्खा था। सौ बहाने कर, एक अर्जेण्ट केस बता, बस एक पेग लेकर उठ आया हूँ और तुम्हारे यह मिजाज हैं कि लखनऊ के बाजारों में घूमों और हमारे यहाँ आकर सलाम न करो। ···हटो, हम अभी जाते हैं।'' डॉक्टर ने असंतोष प्रकट करने के लिए उठने की तैयारी में कुर्सी की बाँहों पर हाथ रखे।

''नहीं नहीं, यार!'' ब्रजनन्दन ने डॉक्टर को मनाने के लिए उसके घुटनों पर हाथ टेक लिए–''मेरी भी तो सुन! जानता है, ग्यारह बजे तो

गाड़ी पहुँचती है। हजामत-वजामत सब गाड़ी में की। यहाँ बिस्तर पटक कर कपड़े बदले तब कचहरी पहुँचा। उस सीनियर वकील को सब मामला समझाया। तीन बजे केस शुरू हुआ। पाँच बजे लौटते ही पहले तुझे फोन किया; तेरी कसम! नित्तन से मिलना तो जरूरी था। उससे चेक जो लेना था और यह पिस्तौल खरीदना था।'' ब्रजनन्दन ने पिस्तौल डॉक्टर के हाथ में दे दिया—कैसा है?''

''अरे हम क्या जानें पिस्तौल!'' डॉक्टर ने पिस्तौल को हाथ में तान कर जवाब दिया—गोली तो नहीं है इसमें?''

''नहीं, गोली नहीं है अलग रखी है। चलाना जानते हो?''

''ऊँ हूँ।'' डॉक्टर ने पिस्तौल को बिस्तर पर फेंक दिया।

''इसके लाइसेंस की तारीख ही खतम हुई जा रही थी। दो-तीन जरूरी दवाइयाँ भी लेनी थीं। हमारे देहात में मिलता ही क्या है!...बस तू समझ कि पाँच मिनट के लिए बहिन से भी मिलने नहीं जा सका। तुझे मैंने लिखा तो था, उसने बनारस से एम० ए० पास किया है। उसे यहाँ लड़कियों के कॉलिज में जगह मिल गयी है और रहने के लिए उसे वहीं कमरा मिल गया है। सुबह छः की गाड़ी से लौट न जाऊँ तो वहाँ सेशन में दो बजे कैसे हाजिर हो सकूँगा? एक कत्ल का मामला लगा हुआ है। कचहरी से फुर्सत मिलते ही पहले तुझे ही फोन किया... ।''

''तू घर आ जाता!'' बिहारी ने फिर विरोध किया—''फुर्सत में रात भर जमती।....यहाँ पैसा बरबाद करने से फायदा?''

''यही तो तू नहीं समझता। मुवक्किल का काम, मुवक्किल का खर्च! यह तो नित्तन का निमंत्रण है।'' बिहारी का हाथ अपने हाथों में दबाते हुए नन्दन बोला—''एक बात और है जो घर पर नहीं हो सकती.... ।''

''हूँ'' दोनों बाँहें सीने पर समेटते हुए डॉक्टर ने अनुमान प्रकट किया—''तमाशबीनी?''

''अब समझे बेटा!'' गर्दन टेढ़ी कर ब्रजनन्दन ने स्वीकार किया—''इसमें भी तो कभी-कभी चेंज होना चाहिए!''

''अभी यह हरकतें जारी हैं?...कुछ खयाल करो!...लड़के के बाप हो गये हो!.... चेंज का शौक चर्राया है। साले, यहाँ होटल में बाजारू

औरत से बीमारी समेट ले, फिर आना मेरे पास कि डॉक्टर इंजेक्शन लगा दे।···साले, कभी इलाज नहीं करूँगा!''

मुंशी जी, अभी कुछ रोज दुनिया देखो!···बड़े लखनौआ बनते हैं। अबे बाजार में टके-टके सेर बिक रही है, उसका क्या शौक!''

''तो!'' डॉक्टर ने भवें सिकोड़ प्रश्न किया—''आपके लिये बाजार से नहीं तो आसमान से हूर नाजिल होगी?''

''अमा हट्ट!'' ब्रजनन्दन हाथ से मक्खियाँ-सी उड़ाते हुए बोला—''क्या चुगदों की-सी बातें करते हो! बना है डॉक्टर! दुनिया में क्या नहीं होता?''

''अच्छा!'' भाँपने के ढंग से सिर हिलाते हुए डॉक्टर ने पूछा—''तो कोई पुरानी आश्नाई है? बेटा, फिक्सड अकाउन्ट घर में रखते हो, यहाँ लखनऊ में करेन्ट अकाउन्ट खोल रखा है?''

''अजी हटाओ, यह इश्क की सिरदर्दी बन्दा नहीं पालता कि मजनूँ बने फिर रहे हैं।''

''मियाँ चुगद बन रहे हो तुम!'' अपने ऊपर डाला गया लांछन लौटाने के लिए डॉक्टर बोला-''जो तुम्हारे लिये यहाँ आ जाएगी, वह बाजारू न हुई तो क्या होगी?''

''धत्त! गधा है बिलकुल···!'' किवाड़ों पर उँगली की आवाज सुनकर ब्रजनन्दन रुक गया और पर्दे की ओर दृष्टि कर उसने गम्भीर स्वर में पूछा—''कौन?''

बैरा एक किश्ती में सोडे की बोतलें और गिलास लिये भीतर आया। बिना कुछ बोले बैरे ने सामान एक छोटी मेज पर टिका मेज दोनों के बीच में रख दी। जेब से बोतल खोलने की चाबी निकाल उसने बोतलों के समीप रख ब्रजनन्दन को सम्बोधन किया—''हुजूर, कोई प्लेट हाजिर करूँ?''

''क्या है?''

''हुजूर, कबाब, एगफ्राई, आमलेट, सलाद जो कहें; खाना भी तैयार है।''

ब्रजनन्दन ने अंग्रेजी में पूछा—''तुम क्या पसन्द करोगे? मैंने तो खाना दोपहर बाद बेवक्त खाया है।''

"कुछ भी, सलाद मँगवा लो!"

"दो प्लेट कबाब, एक आमलेट और एक सलाद।" ब्रजनन्दन ने बैरे को हुक्म दिया। बैरे के चले जाने के बाद उसने डॉक्टर से पूछा—"स्काच खोलूँ या यह दूसरी?"

"क्या फरक पड़ता है।" डॉक्टर ने हाथ फैला कर उपेक्षा प्रकट की—"फरक तो पहले ही पेग में मालूम होता है। जहाँ कुछ चढ़ी तो इतनी तमीज ही कहाँ रह जाती है! एक पेग चौधरी के यहाँ से पी आया हूँ। भला आदमी माना ही नहीं।...अब जो हो। रंगे कपड़े पर रंग का क्या पता चलता है? जो तुम चाहो!"

"बेटा आज बहुत रंग में आ रहे हो, बात क्या है?"

"स्काच खोलूँ!"

"क्या फायदा!" डॉक्टर ने फिर उपेक्षा दिखायी—"रख ले, मुश्किल से मिलती है। कभी किसी जज-वज को पार्टी देनी होगी तो काम आएगी। मैं दूसरी चीज ले चुका हूँ। कहते हैं दो चीजें मिल जाने से कभी गड़बड़ भी हो जाती है।"

"आलराइट!" ब्रजनन्दन ने दूसरी बोतल उठा कर सील-मोहर तोड़ कर बोतल खोल डाली। दो गिलासों में दो-दो उँगली की ऊँचाई तक ह्विस्की डाल उसमें सोडा छोड़ दिया। एक गिलास डॉक्टर को थमा कर दूसरा स्वयं ऊँचा उठाते हुए बोला–"बेस्ट लक!"

"तैयारी तो बेटा बैड लक की ही कर रहे हो।" डॉक्टर ने नन्दन की ही तरह गिलास ऊँचा उठाते हुए चेतावनी दी।

"ऐसा क्यों बकता है बे!" घूँट भर कर ब्रजनन्दन ने त्योरियाँ चढ़ा कर पूछा।

"बी० डी० (सूजाक-आतशिक) समेटने आये हो। बेटा, ऐसा शौक है तो अपने बुजुर्गों की तरह दो बीबियाँ रखो, चार रखो, दस रखो!" डॉक्टर नसीहत के स्वर में कहता गया—"अनजाने तालाब में डुबकी लगाने में सदा आशंका; जाने कब मगर पाँव थाम ले!"

"बड़े दानी बन रहे हो मुंशी जी!" ब्रजनन्दन ने डॉक्टर की सावधानी का मजाक किया—तुमसे कह तो दिया बाजारू नहीं है। यह तो नित्तन से पहले ही शर्त हो चुकी है। सुशिक्षित और सम्मानित समाज

की···समझे पट्ठे! अबे साथ सो लेना ही तो सब कुछ नहीं है! संगत और चुहल में ही असली मजा है। बीबी का क्या है, दो हुईं या चार! बीबी तो बीबी है। जैसे पहाड़ी लोग कहते हैं–'वही बिस्तर वही सपने!' उसमें थ्रिल क्या? बुद्धू आदमी, इस प्रजातन्त्र और स्त्रियों के समान अधिकार के जमाने में दो और दस बीबियों का सपना देख रहे हो! अरे, एक को ही सन्तुष्ट रखना मुश्किल है। वह जमाना लद गया कि स्त्री के मन और संतोष का सवाल ही नहीं था। ठाकुर साहब को जँचती गयीं, वे उन्हें रनिवास में समेटते गये। हिन्दू कोड बिल ऊपर से चला आ रहा है!···मुंशी जी क्या समझते हो; समता और प्रजातन्त्र के जमाने में शौक और इश्क भी समता और प्रजातन्त्रात्मक ढंग से ही पूरा होना चाहिए!''

'क्या कहने!'' डाक्टर ने विद्रूप में हाथ फैला कर उत्तर दिया, ''यह जो भूख की मारी आपके शौक के लिए चली आ रही है; प्रजातन्त्र, स्वतंत्रता और समता का ही तो आनन्द लेंगी!''

''जानता तो कुछ है नहीं, बके जाएगा!···हम बाजारू हैं?'' नन्दन ने आग्रह से प्रश्न किया—'जैसे हमें शौक है, औरत को शौक नहीं होगा? सुन,'' नन्दन ने डॉक्टर का कन्धा छू कर समझाया··''नित्तन को नहीं जानता तू? एक ही हरामी है। उसने जाने कितनी पटा रखी है। दो-दो कारें हैं साले के पास। रोज की पार्टीबाजी। बेईमान की सब जगह पहुँच है। उसने आज के लिए दो से अपाइन्टमेंट किया हुआ है। वे लोग यहाँ नौ बजे आएँगे। एक-एक पेग यहाँ लेकर 'रेलवे इन्स्टीच्यूट' के डांस में चले जाएँगे या किसी दूसरी जगह। जैसा मौका हो; या जहाँ तुम कहो!''

'हिश्त!'' सिर हिला कर डॉक्टर ने अंग्रेजी में कहा–''मुझे क्या मतलब! मैं तुम लोगों के साथ नहीं जाऊँगा!''

'क्यों!'' नन्दन ने त्योरियाँ चढ़ा कर डॉक्टर की ओर देखा परन्तु दरवाजे से आहट पाकर चुप हो गया। बैरा एक बड़ी किश्ती पर कबाब, आमलेट और सलाद की प्लेटें लिये भीतर आया। उसकी उपेक्षा कर नन्दन अपनी घड़ी की ओर देखते हुए अंग्रेजी में बोला—''नौ तो बज रहे हैं।'' और उसने बैरे को सम्बोधन किया, ''देखो! तीन गिलास और तीन सोडा और दे जाओ!''

बैरे के बाहर जाने पर नन्दन के माथे की त्योरियाँ फिर उभर आयीं—"क्यों तू क्यों नहीं चलेगा हमारे साथ?"

"वेश्याओं से मुझे नफरत है।"

"उल्लू है! किसने कहा वे वेश्या हैं? पढ़ी-लिखी भले घर की लेडीज! जिसको चाहे वेश्या कह दिया!"

"कौन भला परिवार अपनी स्त्रियों को ऐसे आने देगा?"

"तेरा मतलब है औरतें सोसाइटी में बाहर न निकलें? बड़ा दकियानूसी आदमी है तू!"

"मेरी बीबी किसी के शौक और चेंज के लिये जाये तो मुझे अच्छा लगेगा?…तेरी बीबी जाये तो तुझे अच्छा लगेगा? तुम्हारे लिये औरतों की आजादी का मतलब है, दूसरों की स्त्रियों को आपका शौक पूरा करने की आजादी। अपनी बीबी को तो ताले-चाबी के भीतर 'फिक्सड अकाउन्ट' में बन्द रखो और दूसरों की औरतों से 'करेंट अकाउन्ट' चलाओ। दुनियाँ में बस एक तुम्हीं तो छैले हो न! कोई तुम्हारे ही कान काट ले! तुम साले अपने पाँव तले की डाल काट रहे हो! समझते हो, दूसरों को गिरता देखकर हँसोगे…क्यों बेटा?

"ओफ, बड़ा बुजुर्ग बन गया है!" नन्दन कह रहा था परन्तु बरामदे में जूतों की खट-खट की आहट पाकर बोला—"नित्तन आता होगा…।"

"हलो वकील साहब!"

"आइए, आइए!" बीच की तिपाई नन्दन के रास्ते में अड़ रही थी। उसे एक ओर हटा कर वह स्वागत में पर्दा उठाने के लिए दरवाजे की ओर जाने का यत्न कर रहा था। वह तिपाई को रास्ते से हटा ही पाया था कि नित्तन ने भीतर आकर पर्दा उठा, पीछे की ओर घूम कर दरवाजे के बाहर खड़ी दो युवतियों को सम्बोधित किया–"आइए! आइए!

आधुनिक भद्र वेशभूषा में दो युवतियों ने आगे-पीछे कमरे में प्रवेश किया। डॉक्टर भी सम्मान प्रदर्शन के लिए उठ खड़ा हुआ। नित्तन ने मुस्कराकर पहले भीतर कदम रखने वाली युवती का परिचय दिया—"मिस रावल!" और दूसरी युवती की ओर संकेत कर बोला—"मिसेज सक्सेना!"

नित्तन ने ब्रजनन्दन से युवतियों का परिचय कराने के लिए उसकी ओर आँखें कीं परन्तु अवाक् रह गया। एक ही क्षण में ब्रजनन्दन का चेहरा विस्मय और क्रोध से पथरा गया था। नित्तन को अवाक् रह जाते देख डॉक्टर ने भी ब्रजनन्दन की ओर देखा और फिर उसकी दृष्टि मिस रावल की ओर गयी। वह आँखें झुकाये काँप रही थी। जान पड़ता था, लड़खड़ा जाएगी।

डॉक्टर ने एक बार फिर ब्रजनन्दन, मिस रावल, नित्तन और मिसेज सक्सेना की ओर निगाह डाल समझने का यत्न किया और नन्दन की खाली कुर्सी को खींच मिस रावल को सम्बोधन किया—"आप बैठ जाइए! आप सीढ़ियों पर बहुत थक गयी हैं।"

डॉक्टर ने ब्रजनन्दन की ओर देखा। वह पलट कर मेज की ओर जाना चाहता था। इस बार फिर वही तिपाई उसके आड़े आ गयी। डाक्टर ने लपक कर मेज पर से पिस्तौल उठा लिया। हँसने की चेष्टा कर उसने नित्तन को सम्बोधन किया—"यह देखिए नित्तन बाबू, नन्दन यह पिस्तौल हमें भेंट कर रहे हैं। अरे भाई, हम डॉक्टर आदमी, हमारा काम है जख्मी का इलाज करना; किसी को जख्मी करना नहीं!" डॉक्टर ने पिस्तौल अपनी अचकन की जेब में डाल लिया।

ब्रजनन्दन ने होंठ काट लिये और दोनों हाथ पतलून की जेब में धँसा चुप रह गया। नित्तन सकपकाया हुआ कभी इधर, कभी उधर देख रहा था। मिसेज सक्सेना खड़ी-खड़ी रूमाल से हवा कर अपने चेहरे का पसीना सुखा रही थीं। उलझन में उनसे बैठने का भी अनुरोध किसी ने नहीं किया। उस ओर देख डॉक्टर बोला–"और! आप खड़ी हैं ···नित्तन बाबू, आपको कुर्सी दो न! हाँ आज सचमुच बड़ी गर्मी है। क्या अजीब मौसम हो रहा है!" उसने दीवार की ओर बढ़ बिजली के पंखे का स्विच घुमा दिया। नित्तन और नन्दन अब भी खड़े थे। डॉक्टर ने उनसे आग्रह किया—"आप लोग भी बैठिऐ! खड़े क्यों हैं।" नन्दन को उसने अपनी कुर्सी पर बैठा दिया और स्वयं नित्तन के साथ पलंग की पटिया पर जा बैठा।

डॉक्टर ने नित्तन और मिस रावल को एक साथ ही सम्बोधन किया—"नन्दन तो आप लोगों की प्रतीक्षा कर रहे थे कि दिन में बहिन

से मिलने का समय नहीं मिला। आपको लेकर आते होंगे वर्ना घर लौट कर क्या जवाब देंगे; लखनऊ गये और मिल कर नहीं आये!"

नित्तन ने रूमाल से चेहरे का पसीना पोंछ कलाई की घड़ी की ओर देख बात सम्भाली—"हाँ, देर हो गयी पर पहले टाइम ही नहीं मिला।"

बैरा एक किश्ती में सोडे की तीन बोतलें और गिलास लिये दरवाजे में दिखायी दिया। डॉक्टर ने आगे बढ़ ट्रे उसके हाथ से ले ली—"ठीक है, थोड़ी देर में आना।" बैरे को लौटा डॉक्टर ने ट्रे तिपाई पर टिका दी।

"आप बहुत थक गयी हैं!" डॉक्टर ने मिस रावल के समीप आकर कहा—'सीढ़ियाँ तेजी से चढ़ी होंगी। देखूँ, आपकी नब्ज देखूँ!" मिस रावल की नब्ज अपनी उँगलियों से टटोल कर डॉक्टर बोला—"धड़कन बढ़ गयी है। आप थोड़ा पानी पी लीजिए।" एक गिलास में बहुत थोड़ी सी ह्विस्की डाल उसे सोडे से भर डॉक्टर ने मिस रावल की ओर बढ़ाया–"लीजिए!"

मिस रावल ने इन्कार में सिर हिलाते हुए गिलास हाथ से परे हटा दिया।

"मैं डॉक्टर हूँ। आपको दवाई दे रहा हूँ।" अधिकार से डॉक्टर ने कहा।

"नहीं नहीं!" मिस रावल ने सिर गिलास से पीछे हटा लिया। "मुझे बदबू मालूम होती है।"

डॉक्टर ने दूसरे गिलास में निरा सोडा डाल उन्हें थमा दिया। दो चार घूँट ले, गला तर हो जाने पर वे बोलीं—"जाने कभी-कभी क्या हो जाता है मुझे!···दिल डूबने सा लगता है। जब भी तेज चलती हूँ, ऐसा हो जाता है।"···मिस रावल आवाज से बीमार मालूम हो रही थीं। "नित्तन बाबू ने कहा, भाई साहब आये हैं। अवन्ती होटल में ठहरे हैं। सुबह जरूर चले जाएँगे। मैंने कहा, मैं इसी समय चलूँगी!"

"हाँ, डॉक्टर ने सिर खुजाया—"नन्दन भी परेशान था। वह कह रहा था, नित्तन बाबू ने आपको लिवा लाने के लिए कहा था। इतनी देर हो गयी है, अब आप कैसे आ सकेंगी? सुबह आपसे मिलने का समय

न होगा। गाड़ी बहुत सबेरे चली जाती है।'' उसने नन्दन की ओर देखा—''अब तो तुम सुबह बेफिक्री से गाड़ी पकड़ सकते हो!''

डॉक्टर को नन्दन से बात करते देख मिसेज सक्सेना ने संकेत से नित्तन का ध्यान आकर्षित कर धीमे से कहा—''बहुत देर हो जाएगी!''

''हाँ।'' नित्तन ने समर्थन के लिए अपनी घड़ी की ओर देखा।

डॉक्टर ने उसका अभिप्राय समझ कर भी नन्दन को सम्बोधन किया--''यह भी क्या आना हुआ? 'सी बीच' फिल्म की बड़ी तारीफ सुनी है। सब लोग साथ-साथ देखते! खैर, अब टाइम ही नहीं है।'' अपनी घड़ी पर नजर डाल वह बोला, ''इन लोगों को देर हो रही है। सुनो, तुम सुबह से बहुत थक गये हो, क्या तकलीफ करोगे! मुझे तो उसी रास्ता जाना है। बहिन को मैं पहुँचा दूँगा। तुम परेशान न हो!'' वह उठ खड़ा हुआ।

सब लोग उठ खड़े हुए। नन्दन भी उठा परन्तु चुप ही रहा। चलते-चलते डॉक्टर ने घूम कर कहा—'आज तो पिस्तौल जेब में है। भाई, अँधेरी रात का मामला है। देखें, काम आता है या नहीं? और अगर आज इसकी जरूरत साबित न हुई तो तुम्हारी भेंट कल ही लौटा दूँगा। यह भी क्या भेंट है!'' अपनी जेब की ओर नित्तन का ध्यान आकर्षित कर डॉक्टर ने कहा, ''कि पास रखने में डर लगे। यह डर से क्या बचाएगी? और कमबख्त जेब अलग फटी जा रही है·····चलिए अब!'' उसने मिस रावल को सम्बोधन किया।

ब्रजनन्दन की बहिन को कॉलेज के हाते तक पहुँचा कर जब डॉक्टर होटल लौटा तो नन्दन के कमरे की बिजली वैसे ही जल रही थी। वह कपड़े बदले बिना पलंग पर लेटा, दोनों हाथ सिर के नीचे दबाये छत की ओर टकटकी लगाये था। मेज पर बोतल, गिलास और सब समान वैसे ही पड़े थे।

''नन्दन!'' डॉक्टर ने पुकारा।

नन्दन ने उसकी ओर देखा और मौन रह गया।

''नित्तन से बहिन का परिचय हुआ कैसे?''

नन्दन ने अज्ञान के संकेत में हाथ हिला दिया।

"अब आदमी बनो!" डॉक्टर कुछ कड़े स्वर में बोला–"अभी घण्टे भर पहले तुम क्या कह रहे थे? अफसोस मुझे भी है लेकिन अगर मिस रावल की जगह मेरी बहिन होती और तुम न पहचानते! सभी औरतें किसी की बहिन, बेटी या स्त्री होती हैं···तुम्हारी बहिन को भी तुम्हारी तफरीह पर एतराज हो सकता है।···मर्द होने का मतलब बेशर्मी का अधिकार नहीं है। तुम जनतन्त्र और समानता की बात करते हो! जनतन्त्र और समता के समाज में वही नैतिकता और तफरीह चल सकती है जो सबके लिये सम्भव हो।···पाँव तले की डाल काटने का मजाक करो तो गिरने पर रोओ मत!"

•

साहू और चोर

मित्र को देहली पहुँचने की सूचना तार द्वारा दे दी थी परन्तु बम्बई मेल स्टेशन पर डेढ़ घंटे लेट पहुँची। सोचा—मित्र के यहाँ चाय-नाश्ता हो चुका होगा, उसे नाश्ता दुबारा तैयार करना पड़ेगा। सामान वेटिंग रूम के बैरे को सौंप दिया। नाश्ता स्टेशन के भोजनालय में कर लिया। वेटिंग रूम में लौट कर बुजुर्ग बैरे मियाँ से एक कुली पुकार देने का अनुरोध किया।

चलते समय सिगरेट सुलगा लेने की इच्छा हुई। केस में सिगरेट समाप्त हो चुके थे। सूटकेस खोल नया टीन निकाल कर काट रहा था। वेटिंग रूम का दरवाजा खुला। एक भद्रवेश युवक भीतर आया। वह राख के रंग की हल्की ऊनी पतलून और कोट पहने था। हाथ में अखबार रूल की तरह लिपटा हुआ था।

याद आया—यात्रा में भी वह युवक कुछ स्टेशनों पर दिखाई दिया था। जब ट्रेन लम्बी दौड़ के बाद किसी स्टेशन पर थमती तो मैं बैठा-बैठा ऊब जाने के कारण चहलकदमी के लिए प्लेटफार्म पर उतर जाता। वह युवक भी अखबार पढ़ता हुआ या वैसे ही चहलकदमी करता मेरे पास से

गुजर जाता। हमें एक दूसरे से मतलब न था इसलिए आँखें मिल जाने पर भी सज्जनता से नजरें बचा लेते। जिस समय मैं भोजनालय में नाश्ता कर रहा था, बम्बई मेल पंजाब की ओर चली जा चुकी थी। अनुमान किया, शायद यहाँ गाड़ी बदलनी है। वेटिंग रूम में बैठ कर प्रतीक्षा करेगा।

युवक वेटिंग रूम में आते समय मेरी ओर ही देख रहा था। आँखें मिल गयीं। उसने समीप आ कुछ झिझक से अंग्रेजी में मुझे सम्बोधन किया–"अगर आप एक मिनट बैठें तो कुछ बात करना चाहता हूँ!"

युवक के स्वर और मुद्रा में संकोच और अनिश्चय जान पड़ा। सहसा कल्पना हुई—हूँ···वही बात होगी; गाड़ी से उतर फाटक पर गया। टिकट देने के लिए जेब में हाथ डाला। सावधानी के लिए टिकट बटुए में रख लिया था····बटुआ ही गायब। शर्म के मारे कुछ कह नहीं सकता।····मेरा पता लिख लीजिए। एक भद्रलोक के नाते जो सहायता आप करेंगे, उससे उऋण होना अपना नैतिक कर्त्तव्य समझूँगा···आदि आदि। सज्जनता और दया की आड़ में लूटने वाले छलिया भद्र लोगों का पूरा चित्र सहसा कल्पना में फिर गया। ऐसे आदमी भद्र लोगों का यह कर्त्तव्य समझते हैं कि भद्र श्रेणी के सम्मान की रक्षा के लिए हम लोगों को उनकी छलना का शिकार बनना चाहिए।

मन में उठी वितृष्णा को दबा, भद्र लोगों की भद्रता निबाहने के लिए सिगरेट का ताजा कटा टीन युवक की ओर बढ़ाकर उत्तर दिया—"पीते हैं!···लीजिए!"

युवक ने विनय से धन्यवाद दे सिगरेट ले लिया। कुर्सी बिलकुल मेरे समीप खींच ली और मेरे सिगरेट सुलगा लेने की प्रतीक्षा में हाथ में थमे अखबार को रूल की तरह लपेटते हुए उसने क्षमा सी माँगी—"आप पधारिए, मुझे एक ही बात पूँछनी है।"

युवक के व्यवहार से कुछ विस्मय हुआ। एक सिगरेट अपने होंठों में ले लिया। माचिस जला पहले युवक की ओर बढ़ा कर पूछा—"आज्ञा कीजिए!" उसने सिगरेट सुलगा ली और मुझसे बैठने का अनुरोध दोहराया। अब सन्देह हुआ, शायद गुप्तचर पुलिस का आदमी है पर मुझसे मतलब! बैठ कर मैंने फिर पूछा—"कहिए!"

युवक मुझसे आँखें मिलाकर अंग्रेजी में बोला और उसने आश्वासन दिया—"मेरी बात से परेशान न हों। विश्वास रखिए, मुझसे आपको किसी भी प्रकार की हानि या कष्ट नहीं होगा।" और फिर कुछ संकोच से बोला—"यह बता दीजिए, आपके पास हजार-हजार के चालीस नोट हैं?"

शरीर में बिजली सी कौंध गयी। पहली आशंका यही हुई कि अब पिस्तौल दिखाएगा। पिस्तौल दिखाई नहीं दिया। मन में दूसरी आशंका तड़प गयी···टटोल कर देख लूँ कि नोट सुरक्षित है या नहीं परन्तु सावधानी के विचार से वैसा नहीं किया।

वेटिंग रूम में हम दोनों ही थे। मुझे अकेला देख कर ही वह आया था। बुजुर्ग बैरा भद्र लोगों के कायदे से परिचित था। दो भद्र पुरुषों को समीप बैठकर आपसी बात करते देख ओट में हो गया था। अपनी घबराहट छिपाने के लिए, सिगरेट के धुएँ से आँखें चरचराने का बहाना कर, पलकें सिकोड़ मैंने प्रश्न से उत्तर दिया–"क्या?···मैं समझा नहीं, ···कैसे नोट?"

युवक ने गम्भीरता से समझाया—"अगर आपके पास चालीस हजार रुपया है और आप भय के कारण इन्कार कर देंगे तो एक आदमी की जान व्यर्थ में निरपराध चली जाएगी!"

युवक की बात से सांत्वना पाने की अपेक्षा घबराहट ही बढ़ी। उत्तर दिया—"किसकी जान?···कैसा चालीस हजार? तुम्हारा मतलब क्या है?"

मेरी घबराहट युवक से छिपी न रही। युवक ने अपनी कुर्सी मेरी ओर सरका ली और सिगरेट से कश खींच कर बोला—"आप घराइए नहीं, सच बातें कह दीजिए। अगर आपके पास रुपया है तो भी अब आपको कोई खतरा नहीं। मैं केवल जानना चाहता हूँ कि इस मामले में धोखा तो नहीं दिया गया? बम्बई से आते समय आपको मनमाड में तीन सौ रुपये में बेंचा गया था। उसके बाद मैंने आपको इटारसी स्टेशन पर दो सौ रुपये में खरीदा है। मैं सिर्फ यह जानना चाहता हूँ कि हम लोगों को धोखा तो नहीं दिया गया?" युवक सिगरेट के कश खींचता हुआ उत्तर की प्रतीक्षा में मेरी ओर देखता रहा।

उसके हाथ में पिस्तौल या छुरा न देख और इस बीच कुर्सी पर करवट ले अपने पास रकम सुरक्षित जान मैंने कुछ क्रोध से उत्तर दिया—"मेरे पास कोई रुपया-वुपया नहीं है। तुम बड़े विचित्र आदमी हो! ...मुझे बेचने और खरीदने का मतलब? ...तुम डकैती और कत्ल करते हो और धोखे की शिकायत भी करते हो! तुम्हारे जैसे आदमी को तो पुलिस के हवाले किया जाना चाहिए!"

युवक ने सिगरेट को तर्जनी उँगली की तरह चेतावनी में उठाकर मुझे टोक दिया—"पुलिस में मेरी शिकायत करने से कोई लाभ नहीं! ...उसका प्रबन्ध हम लोग पहले से रखते हैं। आपको व्यर्थ ही कष्ट होगा। आपकी जेब तो कटी नहीं! शियाकत किस बात की कीजिएगा? धोखा तो मेरे साथ हुआ है परन्तु मैं अपने साथ धोखे के लिए पुलिस के सामने गिड़गिड़ाने नहीं जाऊँगा। ऐसे धोखे और अन्याय का दण्ड देना पुलिस के अधिकार और सामर्थ्य में भी नहीं। पुलिस हमारी व्यवस्था को स्वीकार नहीं करती। ऐसे अपराध का दण्ड हम लोग स्वयं देंगे लेकिन आप अब भय न होने पर भी अपने पास रुपया होने से इन्कार करेंगे तो परिणाम में अन्याय हो जाएगा।"

ऐसे साहसी और स्पष्टवादी व्यक्ति से भरोसा और सान्त्वना पाकर भी मैं अपने पास इतनी बड़ी रकम होना स्वीकार न कर सका। उल्टे उससे पूछा—"यह सब क्या चक्कर है? ...मैं कुछ समझ नहीं पा रहा हूँ। मेरे पास रुपया होने से तुम्हें क्या मतलब? ...मेरे पास रुपया न होने से किसी की जान क्यों जाएगी?"

युवक मुझे विश्वास दिलाने के लिए हाथ उठाकर बोला—"आपने कल एक बजे बैंक से हजार-हजार के चालीस नोट लिये थे। ...आप बैंक से सीधे स्टेशन पर आये थे। ...नोट लेकर आपने अपने कोट के भीतर की जेबों में रखे थे। टिकट आपने स्वयं नहीं खरीदा। आपके नौकर या मुंशी ने खरीद कर दिया था। इतना ठीक है?" अपने विषय में इतने सच्चे ब्योरे से बात सुन घबराहट और भी बढ़ी परन्तु विस्मय प्रकट कर दुहाई दी–"जाने तुम किसकी बात कर रहे हो? ...किसका रुपया? ...मुझे व्यर्थ में क्यों घसीट रहे हो!"

मेरे उत्तर से युवक की असुविधा और दुश्चिंता और बढ़ गयी। उसने मुझे फिर समझाना चाहा—"जिस आदमी ने बैंक से आपका पीछा

किया था, वह मानमाड स्टेशन तक आपके साथ आया था। वहाँ उसके क्षेत्र की सीमा समाप्त हो गयी। उसका कहना है, कि बम्बई से गाड़ी छूटने के समय तक रुपया आपके कोट की भीतर की जेब में जरूर था। उसके बाद आपने चाहे जहाँ रख लिया हो। मानमाड में उसने आपको तीन सौ रुपये में दूसरे आदमी के हाथ बेंच दिया। यह दूसरा आदमी इटारसी तक आपके रुपया रखने का स्थान भाँपने की कोशिश करता रहा। इटारसी तक असफल रह कर उसने मुझसे बात की और एक सौ का नुकसान उठा कर उसने आपको दो सौ रुपये में मेरे हाथ बेंच दिया। मैं सब यत्न कर हार गया हूँ लेकिन जान नहीं पाया कि आपके पास रुपया है तो आपने कहाँ रखा है? आपके कोट की जेब में केवल एक नोट एक सौ का और दस-दस के दो तीन नोट हैं। आपके कोट और पतलून में चोर जेबें नहीं हैं। आप मारवाड़ियों की तरह कमीज के नीचे जेबदार बंडी नहीं पहने हैं। आपकी कमर में तागड़ी भी नहीं है। आपने रुपया जूते में नहीं रखा, वर्ना रात में सोते समय आप जूता उतार कर नीचे न छोड़ देते। रुपया आपने सूटकेस या बिस्तर में रख दिया होता तो आप निश्चिन्त होकर टहलने के लिए स्टेशनों पर न उतरते या नाश्ता करने के लिए सामान को बेपरवाही से न छोड़ जाते! मैं यह भी नहीं पूछना चाहता कि रुपया आपने कहाँ रखा है? यह मैं स्वयं जानने की कोशिश करूँगा। मैं केवल जानना चाहता हूँ कि हम लोगों को धोखा तो नहीं दिया गया। अपनी असफलता के लिए मैं दो सौ का नुकसान उठा लूँगा। यदि दो सौ में चालीस हजार पाने का दाँव लगाया जा सकता है तो ऐसे दाँव में दो सौ के नुकसान का गम भी न होना चाहिए पर दाँव दाँव है और धोखा धोखा है! हम लोगों में यदि धोखा होने लगे तो एक दिन काम नहीं चल सकता। पहले से आपका पीछा करने वाले आदमी को आपका दाम चुकाये बिना मेरा आपकी ओर आँख उठाना भी अनुचित होता। बात यह है कि बम्बई से आपका पीछा करने वाले आदमी पर कुछ दिन पहले भी धोखा देने का सन्देह हुआ था। यदि उसने इस बार सचमुच धोखा दिया है तो उसे दण्ड अवश्य मिलना चाहिए। इस समय मैं गिरोह का नायक हूँ। धोखा देने वाले को दण्ड देना मेरा कर्त्तव्य है। निर्णय आपके सच बोलने पर निर्भर करता है।''

उत्तर की प्रतीक्षा में वह मेरी ओर घूरता रहा।

मुझे झिझकते देख उसने अनुरोध किया—"विश्वास कीजिए, अब आपको नुकसान का भय नहीं है परन्तु निरपराध का खून होना भी उचित नहीं और अपराधी को दण्ड न मिलने से व्यवस्था नहीं रह सकती।"

सम्मानित जज के से यह बोल एक अपराधी के मुँह से सुन मुझे ताव आ गया—"तुम स्वयं अपराध में डूबे हो!" मैंने उत्तर दिया—"तुमसे बड़ा अपराधी कौन है! तुम दूसरे को अपराध का दण्ड दोगे! अगर तुम मेरी जेब काट लेते तो यह निरपराध का खून न होता?…मैंने तुम्हारा क्या अपराध किया?…बोलो!" मैंने क्रोध से उसे चुनौती दी।

"यह आप दूसरी बात कह रहे हैं।" शान्ति से उसने उत्तर दिया। उसका सिगरेट जल गया था। सिगरेट उसने फर्श पर डाल, अपने सैण्डल से दबा दिया। जेब से कैप्सटन सिगरेट की डिबिया निकाल ली। डिबिया मेरी ओर बढ़ायी और एक सिगरेट होंठों में दबा, भँवें सिकोड़ कर वह बोला—"यह आप बहुत गहरी बात कह रहे हैं। अगर ऐसे सोचें तो सभी बातें अपराध मानी जाएगी। आदमी जिन्दा ही न रह सकेगा। अपराध तो अपने-अपने समाज में मान लिये गये ढंग और नियम के अनुसार ही समझा जाता है। बुरा न मानिए! अच्छा आप बताइए, यह चालीस हजार आपने ईमानदारी से कमाया है? यह आपके परिश्रम की कमाई है या आपकी चतुरता की?…बोलिए!"

जाने क्यों उसकी कड़वी बात पर उत्तर देने की इच्छा समझिए या उसके पूर्ण विश्वास से बात करने के ढंग के कारण उत्तर दिया—"यह मेरा रुपया नहीं है। मैं तो फर्म में नौकर हूँ। रुपया फर्म का है। मैं तो अपने काम के लिए तनखाह पाता हूँ!"

"ओह, यह बात!" सिगरेट से राख झाड़ कर कश खींचते हुए वह बोलता गया—"आपकी फर्म से भी तो सवाल पूछा जा सकता है कि फर्म ने यह रुपया किस ईमानदारी से कमाया है? अधिक मेहनत करने से अधिक रुपया मिलता हो, ऐसी बात भी नहीं। आप इतना रुपया लेकर दिल्ली इसलिए आये होंगे कि इस रुपये से फर्म के लिए और अधिक रुपया, दो-चार लाख रुपया कमाने का जुगाड़ किया जाय। शायद आप कोई ठेका लेना चाहते हैं। या कोई बड़ा सौदा खरीद कर गोदाम में बन्द कर देना चाहते होंगे। इन सब कामों को आप ईमानदारी

का परिश्रम कहेंगे या चतुरता? सुनिए, आपकी फर्म के मालिक तो इस सौदे में कुछ मेहनत करेंगे नहीं?"

"क्यों नहीं करेंगे?" युवक की नासमझी पर मैंने टोका—"तुम जानते क्या हो···चालीस हजार होता क्या है!···यह तो केवल ठेका लेने के लिए नजर या रिश्वत है। इसके बाद तो फर्म को इस काम में दस-पन्द्रह लाख की पूँजी लगानी पड़ेगी। घाटा भी हो जाता है। क्या इसमें रिस्क नहीं? कैसी नासमझी की बातें करते हो! यह सब सोचने और करने में दिमाग का तेल पसीना बन कर माथे पर निकल आता है··· ।"

"यही तो मैं कहता हूँ।" युवक ने होंठों से धुएँ की लम्बी फुफकार छोड़ते हुए स्वीकार किया—"मैंने दो सौ रुपये का रिस्क लिया या नहीं···कहिए! मैंने घाटा उठाया है या नहीं? यदि मैं आपकी जेब से नोट उड़ाते समय पकड़ लिया जाता?···उस हालत में मुझे पुलिस को निश्चित मासिक से पाँच सौ-हजार और अधिक देना पड़ता या नहीं? जेल ही काटनी पड़ जाती! हम लोग भी कम बुद्धि और मेहनत खर्च नहीं करते। आप बाजार को भाँपते हैं, हम आसामी को भाँपते हैं। हम अपने भाँप सकने की शक्ति, उँगलियों और कदमों की फुर्ती पर निर्भर करते हैं। उदाहरणतः आप टिकट लेने के लिए भीड़ में दबे हों। रुई का एक फाहा आपके दायें कान के पीछे छुला दिया जाय। आपका दायाँ हाथ खुजाने के लिए उठेगा और आपके कोट का पल्ला उठ जाएगा। इसी बीच में आपकी भीतर की जेब से नोट खींच लेने होंगे। कहिए, आप इतनी सफाई से काम कर सकते हैं? आपके तरीके दूसरे हैं। आपकी फर्म भाँप लेती है कि किस चीज की कमी से लोगों को परेशानी होने वाली है। फर्म वही चीज अधिक मात्रा में जमा करके, लोगों की परेशानी बढ़ा कर, उनकी जेबों से खूब रुपया खींच लेती है। या आपकी फर्म बाजार में दस लाख रुपये की मूँगफली बेचने के लिए सट्टा कर जिन्स का भाव गिरा देगी। गिरे हुए भाव पर सचमुच बीस लाख की मूँगफली खरीद लेगी। भाव चढ़ेगा पर माल रोके रहेंगे। लोगों को अपनी आवश्यकता पूर्ति के लिए उचित से अधिक दाम लेने के लिए मजबूर करेंगे। यह भी लूट का तरीका है। आपका साधन है, आपकी पूँजी। कुछ लोग छुरी मार कर आदमी को विवश करके रुपया छीन लेते हैं। आप आदमी को अपनी पूँजी से विवश करते हैं। हम लोग छुरी मार कर या सेंध लगा कर

रुपया लेना जहालत और जंगलीपन समझते हैं और अपने तरीके को बुद्धि और चतुरता का वैज्ञानिक ढंग समझते हैं, आप अपने तरीके को उचित समझते हैं।

सुनिए!'' एक और लम्बा कश खींच कर वह बोलता गया—''दो साल पहले १९४३ में मैं कलकत्ते में चावल की व्यापारी फर्म में नौकर था। फर्म ने चावल खरीद-खरीद कर महँगाई कर देने के तरीकों से छः मास में तीन करोड़ रुपया कमा लिया। फर्म तो चावल पैदा नहीं करती। लोगों से सस्ता चावल खरीद कर उन्हें महँगे दामों वापिस बेचने के खेल में फर्म ने तीन करोड़ रुपया कमा लिया। इसे आप ईमानदारी कहेंगे या चतुरता? और सुनिए, काम मैं और मेरे जैसे लोग करते थे। फर्म हमारी मार्फत लाखों बना रही थी। मुझे मिल रहे थे केवल सवा सौ और भत्ता। कम्पनी हमसे दूसरों की जेब कटवा रही थी और बदले में हमारी भी जेब काट रही थी। समाज के सम्पूर्ण कारोबार का मूल मंत्र सस्ता खरीद कर महँगे से महँगा बेंच देना है; कम मजदूरी देकर माल बनवाना और माल को अधिक से अधिक दाम पर बेंचना। लेकिन इस धोखे को निबाहते रहने के लिए धोखे के नियमों के प्रति ईमानदारी आवश्यक है। ऐसे कारोबार में भी जब आपसे चावल के दाम लेकर कंकड़ की बोरियाँ सप्लाई कर दी जायें तो आप धोखे के लिए दण्ड देना चाहेंगे या नहीं! यही बात आप हमारे बारे में भी समझ लीजिए। हर समाज में दूसरों की जेब से रुपया निकालने के कुछ स्वीकृत ढंग होते हैं। उन्हीं के अनुसार चलना होता है। ऐसे नियम न मानने से दूसरों को लूटने की व्यवस्था भी ठीक से नहीं चल सकती।''

युवक के सीनाजोरी से चोरी का समर्थन करने के ढंग में आत्माभिमान का भाव झलक रहा था। मैंने उसी पर चोट करनी चाही—''धोखे और चोरी से दूसरे का धन छीन लेने के लिए भी अभिमान किया जा सकता है यह आज पहली बार देख रहा हूँ।''

वह मेरी चुटकी से झेंपा नहीं और बोला–''आप चोरी की बात करते हैं! दूसरे का धन ले लेना चोरी है? बुरा न मानिए, धन तो वास्तव में मेहनत करने वाले और किसान-मजदूर ही पैदा करते हैं। शेष सब व्यवसाय उस धन को पैदा करने वालों के हाथों से अधिक से अधिक मात्रा में हथिया सकने की चतुरता ही है। अलबत्ता धोखे के कुछ

तरीकों को समाज स्वीकार करता है और कुछ को अपराध ठहरा दिया गया है। जो लोग समाज द्वारा स्वीकृत निर्वाह करने के तरीकों में स्थान नहीं पाते, वे चील-कौए की तरह छीना-झपटी से निर्वाह करते हैं।'' आधे से अधिक समाप्त हो गया सिगरेट फर्श पर डाल कर सैंडल से कुचलते हुए उसने मुस्कराकर कहा—''मैं आपके प्रति कृतज्ञ हूँ। आपने मुझे बहुत घृणित और कठिन काम से बचा लिया है।''

युवक की सफाई और व्यवहार का मन पर कुछ ऐसा प्रभाव पड़ा कि सहानुभूति प्रकट किये बिना न रह सका। समझना चाहा—''तुम इतने पढ़े-लिखे और समझदार नौजवान हो, इस प्रकार के घृणित कामों में फँस कर तुम्हें आत्म-ग्लानि अनुभव नहीं होती?''

युवक के अभ्यस्त हाथ डिबिया से नया सिगरेट निकालने लगे और उसने अत्यन्त विस्मय से मेरी आँखों में आँखें गड़ाकर प्रश्न किया—''किस बात के लिए आत्म-ग्लानि?...क्यों?...मैं क्या कर रहा हूँ?''

''तुम्हें अपने असामाजिक कामों के लिये लज्जा नहीं अनुभव होती? तुम क्या अपने काम की बाबत भले आदमियों में सफाई से बात कर सकते हो?'' उसकी आँखें खोलने की आशा से सहानुभूति प्रकट की।

वह मुस्कराहट छिपाने के लिए होंठ दबाकर क्षण भर चुप रहा, फिर बोला—''आप भला आदमी किसे समझते हैं? भला आदमी वह है जिसका आदर हो। आदर रुपया खर्च कर सकने से होता है। मैं बुराई क्या करता हूँ? हाँ, जेब काटना आप बुरा समझते हैं!...हम लोग लाखों में से किसी एक की जेब काटते हैं। बार-बार शायद आप किसी की जेब नहीं काटते। जेब काटने का अर्थ यह है, दूसरे की कमाई छीन लेना। बताइए, हजारों आदमियों के श्रम या कमाई का धन जिन्दगी भर उनसे छीनते रहना भलमनसाहत है? हम लोग भी आपस में मिलते हैं तो बड़े गर्व से अपनी सफलता की बात करते हैं परन्तु आप लोगों के सामने कैसे कर सकते हैं? आप ही बताइए, क्या जर्मनी, इंगलैण्ड या रूस सैनिक तैयारी के रहस्य दूसरों को बता सकते हैं? क्या आप अपनी कम्पनी के तरीके और रहस्य दूसरी कम्पनियों को बता सकते हैं? आखिर पिछले युद्ध में बड़े-बड़े सेनापति क्या कर रहे थे? वे जितना नरसंहार कर सकते थे, दूसरे देश का जितना अधिक धन नष्ट कर देते

थे, उतनी ही उनकी प्रशंसा होती थी। व्यापार की होड़ का भी यही अर्थ है। आखिर युद्ध होता क्यों है? इसीलिए न कि संसार के दूसरे देशों को लूटने का अधिक अधिकार किसे हो? हम लोग भी वही करते हैं जो हमारे समाज के आर्थिक जीवन का नियन्त्रण करने वाले लोग कर रहे हैं। अन्तर यह है कि दूसरे का धन छीन लेने के कुछ तरीकों को समाज ने मान्यता दे दी है, कुछ को अपराध करार दे दिया है। यह केवल मान लेने की बात है। देखिए न, एक समय बाबर सेना लेकर इस देश का धन छीन लेना अपना अधिकार समझता था। आज अमेरिका-इंगलैण्ड व्यापार में वही बात कर रहे हैं। दूसरे का धन छीन लेने के जिन दाँवों में आप लोग कच्चे हैं, जिनमें आपके मात खा जाने का डर है, उनसे आप खिसिया जाते हैं। असल में खेल की मूल बात तो वही है, दूसरे के श्रम का फल चतुरता से हथिया लेना परन्तु एक तरीके को साहू का मान लिया गया है और दूसरे को चोर का……।''

इसी बीच प्लेट फार्म पर एक गाड़ी आकर खड़ी हो गयी थी। युवक कुर्सी से उठ खड़ा हुआ। गाड़ी की ओर युवक ने संकेत कर कहा—''क्षमा कीजिए, जरा सी बात के लिये मैंने आपका इतना समय बरबाद कर दिया। मुझे इस गाड़ी से लौटना है।''

युवक की बातों से दुख हो रहा था और उसे प्रकट किये बिना न रह सका—''अफसोस है, तुम्हारी जैसी बुद्धि के व्यक्ति की ऐसी दुर्दशा हो रही है। तुम समाज के लिए कितने उपयोगी हो सकते थे!''

''देखिए, दया न दिखाइए!'' मुस्कराहट से उसने चेतावनी दी—''दया की भीख माँगने से उकता कर ही मैंने यह मार्ग पकड़ा है। मेरी जैसी बुद्धि और ईमानदार व्यक्ति भी इस समाज में साधनों की मालिक श्रेणी की सेवा के अतिरिक्त और कुछ नहीं कर सकता। चाहे वह जितना बड़ा महात्मा या पंडित हो। मालिक श्रेणी की दासता ही साहूपन है और विरोध चोरी!'' भँवें सिकोड़ और गूढ़ विचार में सिर के बालों में उँगलियाँ चलाते हुए उसने कहा—''कामरेड लोग कई बातें ठीक कहते हैं परन्तु तथ्य उनमें भी कुछ नहीं। वह साधनहीनों की लीडरबाजी है! एक तमाशा है! एक झक है! वे कहते हैं, मेहनत करने वालों का ही राज कायम हो जाना चाहिए। मजदूर का राज हो जाएगा तो मजदूर कड़ी मेहनत करेगा क्यों? और क्या हम लोगों की जिन्दगी में ऐसा हो सकता

है? मैंने चोरी बाप के इलाज के लिये की थी। चोरी करके रुपया लेकर जब मैं घर पहुँचा तो बाप मर चुके थे। उनका कुछ न बना। ऐसे ही अगर हम लोग कामरेडों का आन्दोलन करते-करते मर जायें तो बाद में मजदूर राज हो जाने से हमें क्या फायदा? यह अच्छा-खासा मजाक है। कामरेड केवल बात करता है। केवल पूँजीपति को गाली देता है। वह न पूँजीपति को मारता है और न उसका पैसा छीनता है, इसलिए मैं उनका विश्वास नहीं करता!...हाँ, गाड़ी जा रही है, धन्यवाद!" वह लपक कर प्लेटफार्म पर खड़ी ट्रेन की ओर बढ़ गया।

उसके मुँह फेरते ही मैंने एक बार फिर चालीस हजार के नोटों को संतोष से टटोला। नोट सुरक्षित थे। संतोष का श्वास लिया, मैं साहू हूँ, चोर नहीं। यह रुपया फर्म की अमानत थी और इसे ग्यारह बजे, टेंडर खुलने के समय से पहले ही ठेका देने वाले अधिकारियों के पास पहुँचा देना आवश्यक था।

•

इसी सुराज के लिए?

तस्वीर महल के घण्टाघर से साढ़े दस बजे की टंकोर गूँज गयी तो निरंजन व्याकुल होने लगा। तस्वीर महल के घण्टाघर की बड़ी घड़ी, काली रात से अधिक घने काले पेड़ों की चोटियों के ऊपर सिर उठाये थी। घड़ी अँधेरे में प्रकाश के थाल के समान चमक रही थी। निरंजन की नजर बेचैनी में बार-बार घड़ी की ओर उठ जाती थी।

लखनऊ के साथियों ने निरंजन को आश्वासन दिया था कि कानपुर में क्रान्ति का काम बढ़ाने के लिए वे उसे दो बम देंगे। इसीलिए वह कानपुर से आया था और लखनऊ में चौक के पास विक्टोरिया पार्क में बम मिलने की प्रतीक्षा कर रहा था। कोई व्यक्ति ठीक दस बजे बम लेकर आने वाला था। निरंजन कभी निश्चित स्थान पर बैठ जाता और कभी टहलने लगता। दस क्या, ग्यारह भी बज गये। वह निराश होकर चलने को ही था कि पार्क के बीच की सड़क पर, ठीक उसके सामने आकर दो मोटर साइकिलें और एक लारी खड़ी हो गयी और उन पर से बिजली की टार्चें लिये सशस्त्र सिपाही कूद पड़े।

निरंजन के एड़ी से चोटी तक बिजली तड़प गयी और वह तुरन्त समझ गया कि पुलिस उसी की तलाश में आयी होगी। मस्तिष्क में कौंध गया, चौबे पकड़ा गया होगा और उसी से पुलिस को उसके यहाँ प्रतीक्षा करने का पता चला होगा। वह फुर्ती से पार्क की बाड़ की झाड़ियों में घुस गया। पार्क और बाजार के बीच की सड़क फाँद कर वह सामने बान वाली गली में तेज कदमों से चल दिया। उसकी पीठ पर पीछा करने वालों के दौड़ने की आहट मिली। वह सिर पर पाँव रखकर भाग निकला। एक गली से दूसरी में होता हुआ चौक के बाजार पहुँच गया।

रात के सवा ग्यारह बजे बाजार बन्द हो चुका था। कहीं-कहीं केवल हलवाइयों या पनवाड़ियों की दुकानें खुली थीं। सूने बाजार में दौड़ना उचित न था। यहाँ दौड़ने से लोगों का ध्यान उसकी ओर ही जाता। पुलिस पीछा कर रही थी। उस समय सूने बाजार में दिखाई देने वाले सभी आदमियों की तहकीकात हो सकती थी। निरंजन अनजाने स्थान में आत्मरक्षा के लिए कातर हो उठा। चौक दरवाजे की ओर मोटर साइकिल की गरज सुनायी दी। वह बायीं ओर की गली में घूम गया। गली के शुरू में ही एक दरवाजा खुला देख उसमें घुस गया। दरवाजा दुमंजिले पर बने कमरे के जीने का था। जीने से ऊपर बायी ओर के कमरे में खूब उजाला था। निरंजन ने सोचा कि वह पुलिस पेट्रोल के आगे निकल जाने तक वहीं छिप जाये। पराये मकान में घुसकर निरंजन ने पुलिस के ध्यान से बचने के लिए उसका दरवाजा भी उड़का देना चाहा।

दरवाजे को उड़का देने के लिए निरंजन का हाथ उठा ही था कि ऊपर से प्रकाश पड़ा। उसने घूमकर देखा, जीने के ऊपर लालटेन हाथ में लिये एक स्त्री खड़ी थी और उसे देख रही थी। निरंजन घबराया की स्त्री अपरिचित के मकान में घुस आने से भयभीत हो चिल्ला न पड़े परन्तु स्त्री की निर्भय आवाज सुनायी दी—"आइए, आदाबअर्ज है! जनाब, तशरीफ लाइए!" स्त्री पान भरे मुँह से कहती गयी—"आपको अँधेरे में जहमत हुई। अभी-अभी बस दो मिनट के लिए रोशनी उठा ली थी, तशरीफ लाइए!"

निरंजन ने परिस्थिति भाँपी और सांत्वना अनुभव की। मन में उठी ग्लानि को दबा कर समयानुकूल व्यवहार करने के निश्चय से उसने स्त्री

के आदाबअर्ज का उत्तर लखनवी ढंग से जरा गर्दन झुका कर और हाथ को अदा से उठा कर दिया। उसने जीने के ऊपर खड़ी वेश्या की ओर देखकर अनुमति माँगी—"इजाजत हो किवाड़ों में साँकल लगा दूँ?"

"हो जाएगा, आप क्यों तकलीफ कीजिएगा!" उत्तर मिला—"कल्लन आकर साँकल लगा देंगे। आप तशरीफ ले आइए!"

निरंजन किवाड़ों में साँकल लगा कर जीना चढ़ गया। बायीं ओर के कमरे में बिजली की रोशनी थी। आराम और सजावट का सामान जुटाने का फूहड़ और असमर्थ-सा प्रयत्न दिखाई दे रहा था। एक ओर हरे रंग के फूलदार पलंगपोश से ढका पलंग लगा हुआ था और दूसरी ओर एक बहुत पुराने ढंग का सोफा, जिसकी गद्दी का रंग चिकनाई और मैल से ढक गया था। फर्श पर पुरानी, रंग उड़ी हुई दरी बिछी थी।

स्थान की मालिक वेश्या का संकेत पाकर निरंजन गलाजत और गन्दगी के प्रति घृणा दबा, बेतकुल्लफी दिखाने के लिए सोफे पर बैठ गया। वेश्या ने छत से लटका बिजली का पंखा चला दिया और बाजार में खुलने वाली खिड़कियों पर बँधी चिकें पर्दे के लिये खोल दीं। पलंग के समीप तिपाई पर रखा पानदान लेकर वह निरंजन की ओर आ गयी। सोफे पर बैठ कर उसने पानदान अपने और निरंजन के बीच रख लिया। पान लगाते हुए आत्मीयता से मुस्करा कर और एक आँख दबाकर पूछा—"कुछ शौक कीजिएगा? ···अबेर तो हो गयी लेकिन कल्लन ले ही आयेंगे। मुआ अद्धे पर एक रुपया फालतू ले लेगा; और क्या!"

निरंजन को अपनी ओर अनजान की तरह विस्मय से चुप देखते देख कर वेश्या ने पल भर भाँपा और फिर मुस्कराकर बोली—"साहबजादे, क्या नया शौक कर रहे हैं? ···ऊपर आते भी सहम रहे थे। ऐसी क्या बात है? तसकीन रखिए, यह शरीफ लोगों की जगह है!"

"नहीं तो," निरंजन ने गर्दन ऊँची कर साहस दिखाया—"वाह, ऐसी क्या बात है।" और फिर अपनी जेब से सिगरेट की डिबिया निकाल वेश्या की ओर बढ़ा कर बोला— "शौक कीजिये!"

वेश्या ने मुसकराकर आदाबअर्ज किया और सिगरेट लेकर फिर आदाबअर्ज किया और कहती गई—"पीने का शौक नहीं करते? अच्छा ही है। उससे सेहत बरबाद होती है और पैसा भी।" पान लगाना छोड़ कर उसने माचिस जला कर निरंजन के सामने की। निरंजन के सिगरेट

सुलगा लेने पर उसने अपनी सिगरेट भी सुलगा ली। वेश्या पान के बीड़ों की जोड़ी दोनों हाथों से निरंजन के सामने पेशकर बोली—"आप सुबिस्ते से तशरीफ रखिए। थकान मालूम होती होगी, पलंग पर लेट जाइए न!"

"नहीं मैं आराम से···।" निरंजन उत्तर दे रहा था कि नीचे बाजार में बहुत से लोहा लगे बूटों के दौड़ने की आहट सुनायी दी और कड़कती हुई ऊँची आवाजों में ललकारें—ठहरो! ठहरो!" और साथ ही बन्दूक की गूँज।

वेश्या खिड़की की ओर लपकी। वह देखने के लिए चिक उठा ही रही थी कि निरंजन ने उसे हाथ से पकड़ कर पीछे खींच लिया।

वेश्या ने विस्मय से प्रश्न में निरंजन की ओर देखा। निरंजन ने होंठों पर मौन के संकेत के लिए उँगली रख दी। औरत विस्मय से निरंजन की ओर देखती रह गयी।

"···बाँध लो इसे भी!' नीचे से साफ सुनाई दिया और किसी के गिड़गिड़ाने की आवाज। कुछ प्रश्नोत्तर। साथ ही बहुत जोर से वेश्या का जीना खटकाये जाने की आहट हुई।

"कल्लन से कहूँ खोले!" वेश्या ने घबराहट से कहा।

निरंजन वेश्या के बिलकुल समीप हो कातर स्वर में बोला—"पुलिस मुझे पकड़ने आयी है। ···मुझे बचा लीजिए!"

वेश्या की आँखें विस्मय से फैल गयी। उसने निरंजन को सिर से पाँव तक देखा और अपने आप को वश में कर हाथ का पंजा दिखा धीमे स्वर में उत्तर दिया—"पाँच सौ लूँगी!"

किवाड़ों पर और जोर की चोट सुनायी दी। निरंजन चुप रह गया। वेश्या ने दरवाजे से जीने में झुक कर पुकारा—"ए कल्लन मियाँ!" और निरंजन को बाँह से पकड़ जीने में ला दीवार के साथ खड़ा कर दिया। आड़ के लिये कमरे के दरवाजे का किंवाड़ उसके सामने कर दिया। नीचे जीने के किवाड़ और भी जोर से खटखटा उठे।

"आ रही हूँ जनाब, जरा तसकीन कीजिए!" वेश्या ने उत्तर दिया और लालटेन हाथ में लेकर जीना उतर गयी। निरंजन दम रोके किवाड़ के पीछे खड़ा रहा। किवाड़ खुले। वेश्या की आवाज आई-"आइए।"

"कौन मुनीर?"

"हाँ हुजूर, बाँदी है?"

"ऊपर कौन है?"

"कोई नहीं हुजूर, तशरीफ लाइए!"

"चिक से कौन झाँक रहा था?"

"हुजूर की बाँदी थी। बड़ा खौफ मालूम हुआ था। दारोगा साहब, कोई संगीन वारदात हो गयी क्या? तशरीफ लाइए, एक बीड़ा पान हाजिर ....!"

"मुनीर, इधर नीचे बाजार से कोई भाग कर तो नहीं निकला?"

"अल्ला सलामत रखे, होगा कोई मुआ। बाँदी क्या कह सकती है? हुजूर, आपकी दुआ से खिड़की में थोड़े ही बैठती हूँ?"

निरंजन को आहट से जान पड़ा कि बात करने वाले लोग जीने के सामने से जा रहे थे। मुनीर की आवाज फिर सुनायी दी–"नजरे-इनायत बनाये रखिएगा दारोगा साहब ....खुदा हाफिज!"

जीने में साँकल लगने की आहट हुई। मुनीर के ऊपर आने की आहट हुई। वह दो-तीन मिनट अपने कमरे में निश्चल बैठी रही। कमरे में बिजली बुझ गयी। निरंजन के सामने से किवाड़ हटा और फुसफुसाहट सुनायी दी–"आ जाओ!"

निरंजन कमरे में चला गया। बाजार की रोशनी चिकों से छन कर कमरे में हल्के प्रकाश की धारियाँ सी डाले हुए थी। मुनीर ने निरंजन के समीप आकर धीमे स्वर में प्रश्न किया—"माजरा क्या है साहबजादे?"

निरंजन कुछ उत्तर न दे सका। मुनीर ने फिर रहस्य के स्वर में प्रश्न किया—"डकैती करके भागे हो या कत्ल करके आये हो?"

"बहिन, मैं न डाकू हूँ, न कातिल!" बहुत धीमे परन्तु दृढ़ स्वर में निरंजन ने उत्तर दिया—"हम लोग मुल्क और कौम की आजादी के लिए सब लोगों की आजादी के लिए अंग्रेजों के जुल्म के खिलाफ लड़ रहे हैं इसलिए पुलिस हमें गिरफ्तार करना चाहती है।"

मुनीर चुप रह गयी। निरंजन को उसके व्यवहार में निराशा और परेशानी जान पड़ रही थी। निरंजन ने धीमे स्वर में समझाना चाहा—"बहिन, अंग्रेज हमारे मुल्क का, हमारी कौम का खून पी रहे हैं। उनकी

गुलामी में हमारी कौम का मुँह काला हो रहा है। हम लोग अपने मुल्क की आजादी और खुशहाली के लिए, अपने मुल्क के अपने लोगों का राज कायम करने के लिए लड़ रहे हैं।''

''हम नहीं जानते!'' धीमे स्वर में मुनीर ने झुँझलाहट प्रकट की— ''हमने कह दिया था, हम पाँच सौ लेंगे, हाँ! हमने कितना खतरा झेला है! हम पकड़े जाते तो हमारी कितनी बदनामी होती! तुम रुपया नहीं दोगे तो हम अभी बाजार से सिपाही को पुकार लेंगी। सच कह रही हूँ।'' मुनीर निरंजन को धमका कर उसकी ओर घूरती रही।

''तुम पाँच सौ रुपया चाहती हो?'' निरंजन ने साहस कर मुनीर से पूछा—''पाँच सौ रुपया क्या सारे मुल्क और कौम की आजादी से भी अच्छा है? मेरे पास रुपया नहीं है। मैं केवल अपनी जान दे सकता हूँ। मेरी जान हिन्दुस्तान की आजादी के लिए है। अगर पाँच सौ ही लेना है तो मुझे गिरफ्तार करवाकर ले लो लेकिन सारा मुल्क तुम पर थूकेगा, तुम्हें अंग्रेज की कुतिया कहेगा। तुम क्या हिन्दुस्तानी नहीं हो? हम लोगों को अपने लिये कुछ नहीं चाहिए। हम लोग आज नहीं तो कल या तो अंग्रेज और उसकी पुलिस की गोली से मारे जाएँगे या पकड़े जाने पर फाँसी चढ़ा दिये जाएँगे। हमारी शहादत का फायदा मुल्क और कौम को, तुम्हारे जैसे लोगों को होगा। हम लोग मुल्क से गैर कौम की गुलामी हटाकर अपने लोगों का राज कायम करने के लिए लड़ रहे हैं ताकि सब लोगों को ईमान और इज्जत से रोजी कमाने और जिन्दा रहने का मौका हो। तुमने भगत सिंह का नाम सुना होगा! उन्होंने अंग्रेजों के जुल्म के खिलाफ, दिल्ली के लाट की कौंसिल में बम चलाया था। उन्हें अंग्रेजों ने फाँसी पर चढ़ा दिया तो सारे मुल्क में मातम की हड़ताल हुई थी। हम लोग उन्हीं के साथी हैं।''

''वाह!'' मुनीर हाथ में आती अच्छी रकम निकल जाने की खिन्नता में पलंग पर पाँव लटका कर बैठ गयी और मुँह बिचकाकर बोली— ''काले आदमी से तो अंग्रेज ज्यादा इन्साफ करता है। अंग्रेज का डर न हो तो काले आदमी एक दूसरे को खा जायें!''

निरंजन धीमे स्वर में बात करने के लिए औरत की ओर बढ़ गया और समझाने लगा—''अंग्रेज की नौकरी और गुलामी में काला आदमी बेइन्साफी और जुल्म इसलिए करता है कि अंग्रेज काले आदमी को जुल्म

कराने के लिए ही नौकर रखता है। यह काले आदमी की गरीबी और बेबसी ही है जो उसे अंग्रेज की गुलामी में जुल्म करने के लिए मजबूर करती है। देखो बहिन, बुरा न मानना, तुम मजबूर न होती, तुम्हें दूसरे बाइज्जत तरीके से गुजारे का मौका मिलता तो तुम कभी बाजार में न बैठती। सारे मुल्क और कौम की यही हालत है। लोग गैर कौम की गुलामी में बेईमानी करके, बेइज्जती के टुकड़ों पर गुजारा करने के लिए मजबूर हैं, नहीं तो हमारे मुल्क में किस बात की कमी है! अंग्रेज भर पेट खाने के लिए पाता है इसलिए इन्साफ करने का गरूर भी कर सकता है।''

मुनीर चुपचाप सोचने लगी।

निरंजन फिर बोला–''अंग्रेज में दम ही कितना है! वह हमारे मुल्क पर इसी मुल्क के लोगों से हुकूमत चलवा रहा है। अंग्रेज के मुल्क की आबादी ही कितनी है? वह तो चालबाजी और धूर्तता से हम पर राज कर रहा है। हमारा ही नादान भाई अंग्रेज की तरफ से हम पर बन्दूक चलाता है। मुल्क में हजार आदमी पीछे एक-एक आदमी भी हम लोगों की तरह हथेली पर सिर लेकर निकल आये तो अंग्रेज यहाँ एक दिन नहीं टिक सकता। अब हमारा वक्त आ गया है। तुम्हें मालूम नहीं हजारों हिन्दुस्तानी सिपाहियों ने बगावत कर दी है और नेता जी ने आजाद हिन्द फौज बना कर आसाम में अंग्रेजों पर हमला कर दिया है। देखो, यह कितना बड़ा जंग चल रहा है। अंग्रेज अपने मुल्क पर हिटलर का राज बर्दाश्त करने के लिए तैयार नहीं लेकिन हम अपने मुल्क में आजादी माँगते हैं तो हमें गद्दार कह कर हम पर गोली चलाता है, हमें फाँसी पर लटका देता है। तुमसे क्या परदा, तुमने मेरी जान बचाई है, अगर मैं इस वक्त पकड़ा जाता तो तुम भी कल अखबार में देखतीं। अखबारों में रोज ही अंग्रेजों से हमारी लड़ाई की बातें छपती हैं लेकिन इसमें हमारा अपना क्या फायदा? जमीन-जायदाद और नौकरी नहीं चाहते हैं। हम तो चाहते हैं, हमारा मुल्क और कौम बरबादी से बचे।''

''अरे वो क्या, भला सा नाम है साहबजादे! हाँ···तुम काँग्रेस वाले हो क्या?'' मुनीर ने ठोड़ी पर उँगली रख कर माथे पर चिन्ता की रेखा डाल कर अनुमान प्रकट किया—काँग्रेस वाले भी तो अंग्रेजों के खिलाफ जुलूस निकालते हैं। पुलिस उन्हें भी डण्डे मार के जेल में ले जाती है। वे

भी तो आजादी चाहते हैं। वे भी तो कहते हैं, अंग्रेज को हटा कर आम जनता का राज कायम करेंगे। नहीं क्या?''

''ठीक तो है, तुम तो समझती हो।'' निरंजन ने सान्त्वना से कहा—''काँग्रेस वाले बेचारे मुँह से स्वराज की बात करते हैं और अंग्रेज उन्हें अपनी नौकर पुलिस से पिटवा कर जेलों में बन्द कर देता है। तुम तो जानती हो, काँग्रेस वाले कोई चोरी डकैती मार-पीट नहीं करते। अपने मुल्क में राज माँगते हैं। हम काँग्रेस वालों से बढ़ कर हैं। अंग्रेज हमारे मुल्क के निहत्थे लोगों की जायज माँग पर गोली चलाते हैं तो हम अंग्रेज की गोली का जवाब बम से देते हैं, समझीं…!'' निरंजन कोशिश कर रहा था कि राजनैतिक बातों से अनजान वेश्या को देश की स्वतंत्रता के लिए क्रान्ति की बात समझा कर उसकी सहानुभूति पा ले।

''हाँ साहबजादे!'' एक गहरी साँस लेकर मुनीर ने पूछा—''प्यास लगी होगी! कुछ पानी-वानी नहीं पियोगे?''

निरंजन ने एक गिलास पानी माँगा। मुनीर ने कमरे के कोने से सुराही और शीशे का गिलास उठाकर निरंजन को पानी पिलाया।

मुनीर सोफा पर बैठ पान लगाने लगी और जम्हाई दबा कर बोली—''इस वक्त घर से निकलोगे तो राह में जरूर पकड़ लिये जाओगे। तुम पलंग पर सो जाओ। हम सोफा पर लेटी रहेंगी या यहीं फर्श पर कुछ बिछा लेंगी।'' उसने पान का बीड़ा निरंजन की ओर बढ़ा दिया।

निरंजन मुनीर की उदारता से कुछ झेंप गया—''नहीं, आप अपने पलंग पर लेटिए, मुझे नींद नहीं मालूम हो रही है। मैं सोफा पर बैठा रहूँगा।'' उसने कहा।

''यह कैसे हो सकता है साहबजादे, तुम तो ताजीम के काबिल मेहमान हो!'' मुनीर ने गम्भीरता से उत्तर दिया और पलंग के सिरहाने की आलमारी खोलकर एक हल्की सी दरी और तकिया निकाल लिया। निरंजन के विरोध करते रहने पर भी मुनीर दरी को फर्श पर बिछा कर लेट गयी।

निरंजन पलंग पोश हटाये बिना ही पलंग पर लेट गया। नींद का कोसों पता न था। वह सोच रहा था—सुबह दिन निकले इस मकान से निकलेगा तो देखने वाले क्या कहेंगे? मन को सान्त्वना दी—लोग देखेंगे भी तो जान-पहचान के थोड़े ही होंगे! दूसरा खयाल आया, इस पलंग

पर जाने कितने और कैसे-कैसे लोग लेटे होंगे? घृणा मालूम हुई परन्तु अब घृणा मुनीर के प्रति नहीं, उसके दुर्भाग्य के प्रति थी। उसने करवट ले ली।

"साहबजादे, नींद नहीं आ रही?" अलसाई हुई आवाज में मुनीर ने पूछा।

'अभी तो नहीं, कहिए?"

"अंग्रेज की हुकूमत नहीं रहेगी तो क्या सब खुशहाल हो जाएँगे, बेबस को गुजर-बसर के लिए इज्जत की रोजी का मौका हो जाएगा?" उसने पूछा और स्वयं ही निराशा प्रकट की—"यह कैसे हो सकता है? गरीब तो हमेशा गरीब, खस्ताहाल ही रहेगा। जो बेबस है, वह क्या कर सकता है?"

निरंजन करवट से मुनीर की ओर झुक कर धीमे स्वर में समझाने लगा—"स्वराज से हमारा मतलब ही यह है कि पूरी रियाया, मर्द और औरत सभी को बाइज्जत तरीके से मेहनत करके रोजी कमाने का मौका हो! अंग्रेज ऐसा मौका नहीं देता क्योंकि उसकी हुकूमत ही गरीब की लूट पर कायम है। अमीरों को उसने अपने साथ लिया है। रियाया भूख से मजबूर न हो तो गैर कौम के हाथ अपनी आजादी और ईमान क्यों बेचे? जब मुल्क में गरीब को दबाने का तरीका चालू है तो उसमें मर्द-औरत सब पिसते हैं।" निरंजन मुनीर को स्वतंत्रता का महत्व समझाता रहा। मुनीर कुछ देर हुङ्कारा भरती रही। फिर नींद मालूम होने पर बोली—"अब सो जाओ साहबजादे, अल्लाह सलामत रखे!" उसने करवट ले ली।

सुबह ग्यारह-बारह बजे बाजार भर गया तभी मुनीर ने निरंजन को अपने घर से जाने की सलाह दी और कलेवा किये बिना न जाने दिया।

१९४८ के आखिरी दिन थे। निरंजन के मुनीर के यहाँ शरण पाने की घटना को छः बरस बीत चुके थे। मुनीर के यहाँ पुलिस के हाथ में बच कर भी आखिर निरंजन गिरफ्तार हो गया था। सन् १९४७ में कॉंग्रस। राज का स्वराज हुआ तो सभी राजनैतिक बन्दियों के साथ

निरंजन भी जेल से छूट गया परन्तु कांग्रेसी राज्य में निरंजन और उसके जैसे लोगों के स्वप्न पूरे नहीं हुए। वे लोग नये शासन में फिर से संगठित होकर व्यवस्था के विरुद्ध सार्वजनिक रूप से असंतोष प्रकट कर, सुधार और परिवर्तन की माँग करने लगे। कोई भी सरकार अपने प्रति असंतोष का प्रचार और अपनी व्यवस्था पलट देने के प्रयत्नों को नहीं सह सकती। निरंजन जैसे लोगों को फिर खोज-खोज कर जेलों में भरा जाने लगा। पुलिस पहले अंग्रेज सरकार के हुक्म से लोगों को पकड़ती थी, अब काँग्रेस सरकार के हुक्म से पकड़ कर जेलों में डालने लगी।

निरंजन के दल के लोगों ने अपना आन्दोलन जनता में फैलाने के लिए लखनऊ में एक सम्मेलन करने की तैयारी की थी। सरकार ने उस पर कोई रोक-थाम न लगायी। सम्मेलन के अवसर पर सब बागी लोगों के खिलाफ सामूहिक रूप से गिरफ्तारी के वारंट जारी कर दिये गये। पुलिस ने उनके ठहरने के स्थान पर एक साथ छापे मार कर सभी लोगों को एक ही हल्ले में समेट लेना चाहा।

अवसर वश निरंजन इस छापे में गिरफ्तार हो जाने से बच गया। जिस समय पुलिस ने उनके डेरे पर छापा मारा, वह कहीं बाहर गया हुआ था। उसे पुलिस के छापे का समाचार मिल गया और वह डेरे पर न लौटा परन्तु पुलिस से बचे रहना सहल न था। उसकी जानी-पहचानी सभी जगहों पर उसकी खोज हो रही थी। निरंजन घनी भीड़ में और रात पड़े अँधेरी गलियों में घूमता रहा। रात बढ़ने के साथ भीड़ छँटने लगी। अँधेरे गलियों में घूमते रहना भी सन्देहजनक था। निरंजन को याद आई लखनऊ में छः वर्ष पहले की आशंकापूर्ण रात और मुनीर के यहाँ आश्रय पाने की बात। फिर वैसी ही लाचारी थी।

निरंजन चौक के बाजार में पहुँचा। गली पहचानी और जीना पहचाना। साढ़े दस का समय होगा। जीने के किवाड़ खुले थे। रोशनी के लिए ऊपर ललटेन जल रही थी। पिछले छः वर्ष में अनुभव के साथ निरंजन का साहस भी बढ़ चुका था फिर भी कुछ झिझक हुई पर वह जीना चढ़ गया। मुनीर सोफा के समीप बैठी सोफा पर पानदान रखे पान लगा रही थी। आहट पाकर उसने घूम कर देखा और अभ्यस्त मुस्कराहट से अभ्यागत का स्वागत किया—"आदाबअर्ज करती हूँ, तशरीफ लाइए!" और निरंजन को सोफा पर बैठने का संकेत किया।

निरंजन ने आदाबअर्ज से उत्तर दिया और सोफा पर बैठ कर पूछा—"आपने पहचाना?"

"तशरीफ रखिए जनाब!" मुनीर ने मुस्कराकर उत्तर दिया—"आप जैसे करमफरमा को बाँदी नहीं पहचानेगी? वल्लाह, क्या फरमाते हैं आप!"

निरंजन मुनीर की ओर देखता रहा। सोफा और मुनीर के चेहरे पर भी छः वर्ष का काफी प्रभाव दिखाई दे रहा था—"नहीं, अभी आपने पहचाना नहीं···कोशिश कीजिए!" निरंजन ने फिर आग्रह किया।

गाल में दबे पान की पीक थूक कर मुनीर ने ध्यान से आगन्तुक को देखा और मस्तिष्क पर जोर दिया। उसके होंठ खुले रह गए—"ओह! अब पहचाना। वाकई साहबजादे, मुद्दतों में दिखायी दिये। जमाना बदल गया। अब तो आप लोगों का राज है। आप लोगों की सरकार है। हम गरीब-गुरबा तो जैसे तब थे, वैसे अब। जंग की तंगी के जमाने में भी रुपये का चार सेर आटा खाते रहे, अब सवा दो सेर खाते हैं। अल्लाह सलामत रखे, कनीज को याद तो किया! कैसे आये?"

"वैसे ही, जैसे तब आया था!" निरंजन ने स्वर धीमा कर उत्तर दिया।

"यानी?" ठोड़ी पर उँगली रख कर मुनीर ने पूछा—"क्या कह रहे हो!···तब तो पुलिस से भाग कर आये थे!"

"अभी भी वैसे आया हूँ।"

"अल्लाह की रहमत, क्या कह रहे हो? अंग्रेज तो गये। अब तो अपने काले आदमियों का राज है। तुम और क्या चाहते हो?" मुनीर विस्मित थी।

"काले आदमियों का राज क्या है, काले दिलों का राज है बहिन! अंग्रेज तो चले गये पर हुआ कुछ भी नहीं। स्वराज होता तो तुम यहाँ इसी तरह बैठी होती?" निरंजन ने पूछा।

"तो अब तुम और क्या चाहते हो?"

"हम चाहते हैं सब लोगों के लिए बाइज्जत रोजी कमाने के लिए बराबर मौका। सब लोग मेहनत करने का मौका पायें और अपनी इज्जत की कमाई खायें। पेट भरने के लिये किसी को [illegible] ईमान और जिस्म

बेचना न पड़े। मेहनत करने वालों का पंचायती राज हो।" निरंजन ने आग्रह के स्वर में माँग की।

"हाय तो इसमें बुरा क्या है?" मुनीर ने विस्मय प्रकट किया—"अब तो अपने लोगों की सरकार है। ऐसा तो होना ही चाहिए। ऐसी बातों से सरकार को क्या एतराज है? यह सरकार तो उस नासपीटे कम्युनिस्टों को जेल में डालती है जो मुए रेलें गिराकर लोगों की जान लेते हैं और कहते हैं, सबको लूट लो?"

"नहीं नहीं," सिर हिलाकर निरंजन ने विरोध किया—"कम्युनिस्ट ऐसा नहीं कहते। वे तो कहते हैं जो मैं कह रहा हूँ तभी काँग्रेस की पुलिस मुझे गिरफ्तार करना चाहती है।"

"हाय अल्ला सच?" मुनीर हैरान थी—"साहबजादे, तुम तो इसी सुराज के लिए जान दे रहे थे···!"

●